浙江省浙商研究会 编著

中国市场出版社
China Market Press

·北京·

图书在版编目（CIP）数据

浙商高质量发展之路 / 浙江省浙商研究会编著. —北京：中国市场出版社有限公司，2021.12
ISBN 978-7-5092-2177-8

Ⅰ. ①浙… Ⅱ. ①浙… Ⅲ. ①报告文学－作品集－中国－当代 Ⅳ. ①I25

中国版本图书馆CIP数据核字（2021）第280707号

浙商高质量发展之路
ZHESHANG GAO ZHILIANG FAZHAN ZHI LU

| 编　　著：浙江省浙商研究会
| 责任编辑：张再青（632096378@qq.com）
| 出版发行：中国市场出版社
| 社　　址：北京市西城区月坛北小街2号院3号楼（100837）
| 电　　话：（010）68024335/68022950/68020336
| 经　　销：新华书店
| 印　　刷：杭州宏雅印刷有限公司
| 规　　格：170mm×240mm　16开本
| 印　　张：10.75　　　　　　　　　字　　数：135千字
| 版　　次：2021年12月第1版　　　　印　　次：2021年12月第1次印刷
| 书　　号：ISBN 978-7-5092-2177-8
| 定　　价：80.00元

版权所有　侵权必究　　印装差错　负责调换

编委会

顾　　问：王永昌
主　　编：徐王婴
副 主 编：陈丽萍
委　　员：张文焕　王　勤　洪湘华
　　　　　李　蕾　潘奕明
特约委员：陈　伟　翁建飞　吴中杰

序

高质量发展与浙商新使命

王永昌

新时代新征程，必然赋予新使命，带来新变革。

"高质量发展"和"共同富裕"正成为新时代中国特色社会主义发展的主音符，"高质量发展建设共同富裕示范区"正成为新时代浙江发展的最强音，一场人类历史上大规模、有规划、有组织、自觉地推进高质量发展建设共同富裕的伟大实践，拉开了时代序幕，开启了历史征程。这将是又一场空前的历史性大变革。浙商要义不容辞地投身这场大变革，担负起自己的新使命：在高质量发展中促进共同富裕。

走高质量发展建设共同富裕之路，必须悟懂高质量发展和共同富裕的科学内涵及其互为因果的关系。我们讲的"在高质量发展中促进共同富裕"，是指中国特色社会主义进入新时代，在全面建成小康社会基础上推动高质量发展进程中，全体人民通过辛勤劳动和相互帮助，持续促进物质生活富裕富足、精神生活自信自强、自然生态环境宜居宜业、社会环境和谐和睦、社会公共服务普及普惠、人和社会全面进步的美好生活状态。高质量发展既是共同富裕的前提，也是共同富裕的主要内涵和具体呈现。共同富裕是推进高质量发展中的共同富裕，只有高质量、高水平的发展，才能有真正的共同富裕。没有高质量发展，共同富裕将成为"无源之水""无本之木"。中央经济工作会议明确提出,共同富裕,首先是要把"蛋糕"做大做好,然后才是把"蛋糕"切好分好,而且强调这是一个长期的历史过程,说明发展是第一位的,不能简单靠分配解决问题。同样,"高质量发展"理应包括新时代的绿色发展和统筹发展之道,新时代的高科技创新发展之道,新时代的开放发展和共建共享发展之道。总之,推进高质量发展和共同富裕,实质上就是一个在中国特色社会主义道路上全面推进物质文明、政治文明、精神文明、社会文明和生态文明的过程。这"五大文明"提升的过程,就是"共同富裕"提升的过程。所以,"共同富裕"是一个共建共享的过程。共同富裕在实现程度水平上是有差异的,在时态上是有先后的。现实中的共同富裕既不是同步走的,也不是同等同水平的,同步富不现实,均贫富甚至劫富济贫更是行不通。共同富裕的动力来自于人们的奋斗,共同富裕是人们付出辛劳汗水奋斗出来的。劳动是社会财富的源泉,奋斗是共同富裕的动力。

  新时代新使命必须要有新作为。浙商要成为高质量发展、推动共同富裕的示范生、主力军和奋斗者、践行者,在未来的征途上再造浙商新辉煌。浙商从来就有非常高的政治觉悟和政治敏感性,他们从来都高度关注党和国家以及省委省政府的重大决策部署。改革开放以来,浙商一直走在浙江发展的最前列,也是全国经济发展的一个中坚力量。现在,浙商应继续争当高质量发展促进共同富裕的排头兵。走高质量发展之路,推进共同富裕,是我们这一代浙商的新使命和新任务。浙商必须更多地承担起高质量发展建设共同富裕的社会责任。浙商是高质量发展建设共同富裕的践行者，也是受益者。对广大浙商而言，最重要的任务是"办好自己的事"，办好自己的企业，创造更多的就业机会和经济成果，为社会创造更多财富，帮助更多人获得更好的生活，实现先富带后富，先富帮后富，在高质量发展中促进共同富裕，这是浙商的职责，也是为共同富裕做贡献的正道。

为了见证浙商的"使命必达"，表彰宣传和引导广大浙商以实际行动投身高质量发展、推动共同富裕、谱写新时代壮丽诗篇的伟大实践，浙江省浙商研究会深入浙商之中挖掘采访了一些典型案例，及时总结研究浙商的好做法好经验，聚焦浙商在推动高质量发展建设共同富裕事业中的先进事迹，汇集编成了《浙商高质量发展之路》一书，公开出版，以带动更多的企业分享典型经验，为浙商走好高质量发展建设共同富裕之路营造良好的舆论氛围。显然，这是一件非常有意义的事。

我们坚信，广大浙商一定能走好新时代的赶考之路。让我们响应党和国家的号召，勿忘昨天的苦难辉煌，无愧今天的使命担当，不负明天的伟大梦想，埋头苦干，勇毅前行，为实现第二个百年奋斗目标、实现中华民族伟大复兴的中国梦而不懈奋斗！

（作者系浙江省第十二届人大常委会副主任、浙江大学博士生导师、浙江文史馆馆长、浙商研究院院长）

目录

一 风鹏正举

黄卫斌：十年上市，奋楫扬帆风正劲 / 3

阮卜琴：从青马机电到双友股份，永不停歇的创业路 / 11

程增尧：建设"一带一路"桥头堡，打造世界缝配之都 / 19

顾伯生：三根针变一根针，引领袜机革命的"袜痴" / 25

孙凌波：一心向阳，成为他人世界里的暖阳 / 33

张云龙：导行，让中国人住上健康住宅 / 41

杨林其：从"戴鼎泰"到"鸿光浪花"——百年老字号的新故事 / 51

二 大潮涌动

沈　斌：口腔健康的守护者 / 59

朱立桥：航支鑫，撑起世界一片天 / 65

斯录华：匠心注家具，爱心赢未来 / 71

杨姣英：人间烟火味，最抚凡人心 / 77

方海祥：奔跑在赋能"双碳"的赛道上 / 83

黄新定：微播，宅生活里的新经济 / 89

沈士良：匠心酝酿，一坛好酒醉香百年 / 97

三 千帆竞发

付林会：科创未来，一只鸡蛋里的乾坤 / 107

张根鑫：经济寒潮下，生鲜市场里的春天 / 113

赵亦农：创新研发，神奇袜品走红世界 / 121

王步选：驰骋蓝海经济市场 / 129

赵景梅：羊毛衫、男装世界里谱写巾帼华章 / 137

许仍和："和"字融医为苍生 / 145

赵　勤：因医结缘的乡村医师贤伉俪 / 153

荐　言 / 160

后　记 / 162

一 风鹏正举

北冥有鱼,其名为鲲。鲲之大,不知其几千里也;化而为鸟,其名为鹏。鹏之背,不知其几千里也;怒而飞,其翼若垂天之云。

高质量发展之路

十年上市,奋楫扬帆风正劲

黄卫斌 火星人厨具股份有限公司董事长兼总经理;嘉兴市人大代表;海宁市政协委员;海宁市工商联副主席;尖山新区商会会长;入选全国工商联家具装饰业商会"第五届中国家居业名人堂"。

黄卫斌

在中国厨电行业，有一家企业，稳居集成灶龙头地位。成立第 10 年上市，第 11 年营收跃居行业第一。

飞跃式发展的背后有着怎样不为人知的故事？

让我们走近中国高端厨电领军品牌——火星人，看品牌创始人黄卫斌如何用"火星人模式"领跑地球厨电，跑出加速度。

火星人俯瞰图

横空出世的火星人

火星人，是黄卫斌的二次创业。

在创办火星人之前，他深耕服装业由来已久。当时刚好20来岁的年纪，鲜衣怒马少年时，他主创了"积派"和"简·爱"两大服装品牌，事业做得风生水起。

很多人以为黄卫斌会专注于服装业，长足发展，可事实是他走上了多元化发展之路。

根之茂者其实遂，膏之沃者其光晔。魄力，是综合素质的体现，在新的时代就要悟新时代发展之道。对黄卫斌来说，旧的资源主体是"存量"，新的资源主体是"增量"，他闯入了与服装业没有任何关联的集成灶行业。

问起为什么要进入集成灶领域，黄卫斌笑着说："这就是缘分吧，我越来越意识到年轻人对品牌的追求。当时就想着，要选对一个品牌，垂直深耕，做行业的颠覆者和引领者。"

虽然看起来服装和厨电风马牛不相及，但其实两者有一个共通点，那就是不断满足中国人对衣食住行高品质的追求，打造一个值得老百姓信赖的民族品牌。

21世纪初，中国经济飞速发展，人们对生活品质的要求日益提高，健康饮食和烹饪的相关消费也不断升级，但是厨房油烟一直以来是中式烹饪最大的痛点。家常菜固然好吃，但煎、炒、烹、炸、炖、煮的饮食习惯必然会带来大量油烟，有损掌勺人健康。于是，集成灶应运而生。

20年前的集成灶产品，或多或少都存在一定的缺陷，要么是吸油烟性能一般，要么是产品外形结构不美观，当时还在服装行业深耕的黄卫斌敏锐地觉察到了这一点。他深觉这是一个潜力市场，如果能打造品质高端的集成灶，说不定可以改变中国人的厨房生活。

2010年，黄卫斌投身集成灶行业，集成灶高端品牌——火星人横空出世。

火星人的诞生，让黄卫斌从此和厨电、厨房结下不解之缘。

出身就是贵族

"要做就做高端，做品牌。"火星人创立之初，黄卫斌十分笃定。

高端的定义是什么？除了产品的核心技术、用户体验，最核心的当属质量，只有品质过硬，才能赢得消费者的口碑和青睐。有内核也要有外形，在黄卫斌心中，好的集成灶决不能傻大黑粗，好的集成灶要用着舒心，看着悦目。

也因此，黄卫斌对产品的设计、功能、工艺要求近乎严苛。原材料好，研发投入高，同时产品的外观设计要优美，要让人赏心悦目，让厨房生活变得有型有范。为了这个目标，黄卫斌在做产品上从来不省钱。创立之初，火星人就出资百万聘请国际知名设计师担纲设计。

"我就是要让大家对火星人集成灶有耳目一新的感觉，让年轻的消费者知道，火星人集成灶不仅实用而且具有独特的中国厨房美学特色，我要让火星人成为高端中式厨房的标配。"

火星人的表现没有辜负黄卫斌的匠心，与国际顶级设计师合作设计的火星人X7集成灶一举获得了国内灶具行业首个"德国IF设计金奖"，也是当时几十年来唯一同时获得德国IF设计金奖和德国红点奖的中国厨电产品。

产品投向市场后更是大获全胜，成为集成灶当之无愧的王者。

"我们一直认为厨房是中老年的舞台。其实不然,热爱健康生活的年轻人也会走进厨房,只要我们能提供符合他们需求的厨电产品。看到年轻人成为 X7 的拥趸,让我对未来的厨电市场更加充满信心。"黄卫斌说到这里,眼神里满是坚定。

优质的产品、完美的服务是火星人追求的制高点。"厨电产品有它的特殊性,我们不是一锤子买卖。货款两讫之时不是我们和客户联系的终点,而是起点,我们要提供高质量的售后服务,提升客户的使用体验。我们出售的不仅是商品,我们更需要在售后让客户感受到火星人的尽心和用心。"

2018 年,火星人成立了独立的服务品牌"火星人极速服务小哥",将服务提升至品牌战略高度。尽善尽美的售后服务带来的成果就是获得了三个五星服务认证:五星级服务认证、五星级售后服务认证、五星级服务口碑认证。

智能制造的探索

未来的世界是智能的世界,当大家把智能制造挂在嘴边的时候,黄卫斌却把智能制造放在心里。"智能制造不是一蹴而就的事情。"在黄卫斌看来,企业首先要达到标准化,包括生产、经营、管理的每一个环节都要统一标准;其次要达到信息化,信息集中、透明、共享,最后才是智能化。

火星人立体仓库

清醒、务实和审慎是黄卫斌一贯的原则。

自动化制造场景

冲压生产车间

"我们既要仰望星空,也要脚踏实地。"

关于智能制造,黄卫斌和他的火星人想得很多很远很深。"我们做产品,最终目的是让消费者的生活更美好。要进一步改善我们的厨房环境,要提升消费者的烹饪体验,让他们爱上做饭,享受厨房生活,我们可以做的还有很多很多,借助智能化,我们可以实现智能App菜谱,智能风力和火力,智能安防……"说起智能化方向,黄卫斌如数家珍。

他认为,科技永远是服务于人类的。火星人所有的产品创新,永远围绕着一个目的,就是提升消费者的体验感,让厨房生活更加科技化、现代化。

2020年,火星人牵手宝马集团旗下设计公司Designworks,推出具有39项智能创新设计的第四代集成灶——火星人智能集成灶X8,以颠覆性技术突破,再次引领行业变革。

2020年底,火星人成功上市,资本赋能,火星人的品牌与技术发展之路,

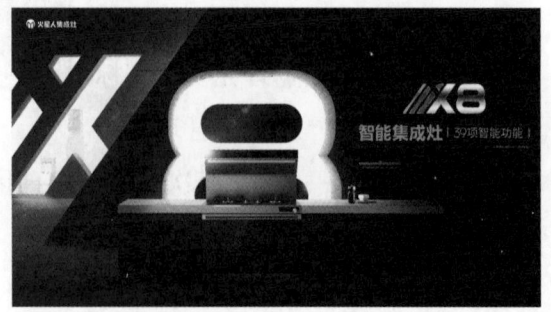

牵手宝马集团旗下设计公司
Designworks推出的第四代集成灶

越走越宽广。不断创新，永远在路上，这是火星人的追求。公司成立10年来，几乎年年都有爆品。刚刚过去的"双十一"，火星人连续第七年成为集成灶品类销售冠军。T30、E30系列火爆全网。

回顾过去，黄卫斌总结："这离不开我们坚持深挖客户需求，提升产品品质。"的确，火星人一直坚持产品外观设计时尚，符合甚至引领中高端消费群体审美；持续迭代产品，满足不断升级的用户需求，解决用户厨房场景中的各种痛点；从售前、售中到售后，全流程交互，尽全力以极致服务为客户带来好的购买体验。

让事业之树长青

无论是持续创新的产品还是极致的服务，最终都要落实到人。所有的事情都是人做出来的。要成就卓越的事业，就必须集聚卓越的人。

什么样的人才是卓越的人？在黄卫斌心中，人才的内涵有很多，但是首要是"德"。

"'德才兼备，以德为先'，这是我们党选择干部的原则，也是我们火星人选择人才的原则。"从"德"这个字演化出火星人的"三德文化"，即"德行、德艺、德治"，再细化为"三好、三爱、三要"，"匠心、匠艺、匠人"和"修心、修身、修行"。"三德文化"是每一位火星人的行为准则。

"当我们把德放在利和名之前的时候，我们才能真正做到以客户为先，以员工为先，以合作伙伴为先。中国有句古话，叫先天下之忧而忧，后天下之乐而乐，我们就是要把客户、员工和合作伙伴的乐摆在我们自己的乐之前，这样我们才能和大家一起成长。其实说到底，大家乐了，火星人自然也就好了。"

中国自古以来就是一个崇尚以德为先的国家,改革开放以来,越来越多的中国企业家为世人所认识,这些企业家经营的企业不同,所处的行业不同,采用的经营模式也不尽相同,但他们都有一个共同点,厚德向善,以德修身,打造基业长青企业。

如今,11岁的火星人已成为中国厨电行业的领军品牌。下一个十年,他们将面向更宽广的舞台,秉持"三德文化"的火星人必将在厨电领域砥砺深耕,笃行致远!

火星人生产基地

从青马机电到双友股份，永不停歇的创业路

阮卜琴 浙江双友物流器械股份有限公司董事长、总裁；玉环双友机械工具有限公司董事长；玉环青马机电厂厂长；中国交通运输协会物流技术装备委员会副会长；中国物流技术协会副理事长；浙江省"万人计划"科技创业领军人才。

阮卜琴

浙江是中国民营企业发展的高地，在这片创新改革的热土上，涌现了无数勇立潮头的儿女，他们挥洒着自己的汗水，迸发着创业创富的热忱，让七山二水一分田的浙江在改革开放大潮中始终干在实处、走在前列。

在美丽的浙南小城玉环，有一家企业，历经三代40年的发展，从一个家庭小作坊发展成为登陆新三板的物流运载安全领域的领军企业，其故事精彩纷呈，引人深思。

这家企业就是浙江双友物流器械股份有限公司。

双友股份厂区

敢为人先 子承父业

1979年，改革开放的春风还未吹拂到浙江玉环这片沉睡的大地上，经商办企业还是一个颇为出格的想法，但此时的阮和光先生却力排众议，拿出全部家当——仅有的几百元积蓄，又通过多种渠道筹集到4000多元钱创办了玉环青马机电厂，4000多元，这在当时看来十足是一笔巨款。

"当时很穷，乡亲们的日子也不好过，我父亲就想着大家一起找个法子挣点钱。"

产品展示区

可是20世纪80年代初的商业环境并不那么友好。生产汽车配件和柴油机配件的青马机电厂的生意一直没有多大起色，尤其是汽车配件市场萎缩，工厂基本处于停工状态。阮和光南下广州为企业寻找市场，经人介绍，为广州一家铝制品厂加工高压锅安全阀，但是因为货款长期收不回，阮和光的青马机电厂举步维艰。

就在阮和光心灰意冷的时候，年仅22岁的阮卜琴看到了父亲的疲惫，也感受到了父亲的艰辛和无奈，他淡定从容地说："让我试一试吧。"

物流加固、捆绑系列产品

大展身手 崭露头角

阮卜琴全面接管了青马机电厂。那是 1987 年,春江水暖鸭先知,素有经商传统的浙江人感受到了这片土地上沸腾的创业热情,做生意的大环境越来越好,初生牛犊不怕虎的阮卜琴的勇气和智慧有了施展的舞台。

"现在想来我大概天生就是要走上创业这条路的。明明看着父亲为了厂子殚精竭虑,辛苦不易,但我还是义无反顾地投入了进去。"多年以后,阮卜琴回想起当时情景,依然感慨万千。

阮卜琴的确具有与众不同的商业才能。20 世纪 80 年代中后期,中国进入大生产大发展的时代,各行各业蓬勃发展,只要质量好,信誉好,生产出来的东西就不愁卖不出去。阮卜琴一手抓生产,一手抓市场。黑龙江、上海、江西……他往全国各地跑,青马机电厂生产的产品以过硬的产品质量和良好的商业信誉赢得了客户的信任。

短短两年,青马机电厂重新焕发生机。

1989 年 7 月,阮卜琴征得父亲同意,筹措资金,加大资本投入,正式成为青马机电厂的法定代表人。

"我不是小富即安的人。在我的心里，始终是要把厂做大。我跑了全国那么多企业，看到了很多优秀的企业，每次我都在想，别人能做的，我也一定能做。"

1989年，阮卜琴发现国外牵引器需要从中国台湾采购，当时他就购买了一台样机，经过对样机的认真分析，他觉得这种产品在国内也有能力生产。为了攻克难关，他废寝忘食，不知经过多少个日夜的研究和思考，终于设计制造出了属于自己的产品。

阮卜琴马上将产品送到杭州，经浙江省经贸厅举荐顺利把产品推给了国外客商。当客商收到样品后，发现中国大陆生产的产品与原来在台湾采购的产品品质没有什么两样，报价却比台湾低20%，客商们纷纷反馈信息表示愿意采购。青马机电迅速打开了海外市场，知名度、美誉度也与日俱增，阮卜琴的商业才华有了更大的施展舞台。

正所谓时势造英雄。20世纪90年代初，物美价廉的中国产品逐渐占据越来越多的海外市场。青马机电生产的众多机电产品也不例外，陆续出现在广交会上。品质好，价格低，产品一经上市广受海外客户认可。从1992年销售额76.5万元到1996年1270万元，阮卜琴和他的青马机电只用了4年时间。这就是青马速度，也是浙商速度。

1996年注定是阮卜琴生命中无法忘却的一年。这年11月，青马机电厂和台资企业坚元公司合资成立玉环双友机械工具有限公司。1997年，成立刚一年的双友机械出口额达到了3000多万元，接下来的几年，双友机械发展迅猛，产品远销美国、加拿大等地。公司1997年产值3200万元，至2006年产值达5亿元，创税利4250万元，每年以46.8%的速度增长。

自动化生产线一角

不断创新 做大做强

企业发展快了，管理得跟上。"必须建立现代企业制度，必须适应时代和公司的快速发展。"阮卜琴大刀阔斧对青马机电进行改制。2004年，公司变更为"玉环双友机电工贸有限公司"，2005年，双友机电工贸公司又发起成立了浙江双友机电股份有限公司。股份制改革更加激发了管理层和员工的工作激情，双友的发展进入快车道。

20世纪90年代后期，双友在保持出口高增长的基础上，发力国内市场。"中国的物流发展实在太迅速了，尤其是电商逐渐发展起来后，物流业简直是一日千里，双友一定要抓住国内市场的机遇。"

公司确定了双轮驱动战略，在继续保持出口优势的同时，加快开发国内市场。1999年，双友自主品牌"邦强"系列产品在国内市场崭露头角，逐渐获得浙江省名牌产品、浙江省著名商标等一系列称号，2007年"邦强"被认定为中国驰名商标。

至此，双友股份已经成为物流捆绑器械和吊装器械的龙头企业，产品涵盖捆绑器、小车固定器、轮挡、拉紧器、手摇绞车、吊带、链条、紧绳器、车厢分层系统、备胎器、逃生缓降器等上千种规格品种，被认定为中国专业的捆绑固定器械出口商和中国的捆绑固定器械制造基地。

永不满足是向上的动力。在阮卜琴的心中，创业只有进行时，没有完成时。2016年双友物流器械股份有限公司登陆新三板，借助资本市场的助力，双友要走向更加光辉的未来。

回馈社会 共同富裕

"双友的发展离不开社会各界的关心和支持，公司成长了，就要回馈社会。"阮卜琴说，"没有社会的发展，公司的发展也是无根之木，无源之水。"

阮卜琴关心社会事务，很早就是玉环政协委员、人大代表。这些年来，阮卜琴注重调查研究，深入了解社情民意。在此基础上，他每年在各级人民代表大会上提出有质量的议案建议，为改进政府工作，促进和谐社会建设起到了很好的作用。

更难能可贵的是阮卜琴积极投身慈善事业。多年来，他为当地的老党员、困难户、五保户送温暖；为改善乡村道路搞建设；提高当地教育水平，多次向青马中小学捐款。

"十三五"期间，通过浙江大学台州研究院·玉环中小企业服务平台联络，双友股份与云南省大理州弥渡县（国家级贫困县）五个贫困村结对，结合结对村贫困人口需求，充分利用公司资源优势，优先为结对贫困村提供劳动就业工作岗位，为村民提供免费工作技能培训，优先解决当地富余劳动力就业问题，长期进行就业帮扶。

"先富带后富，最终共同富裕。这是我们创业的初心，牢记初心，才能笃行致远。这么多年来，我始终没有忘记我们创业的初心。企业的成长离不开社会的支持，离不开浙江、中国的大发展。回馈社会，我们会一直做下去。"采访到最后，阮卜琴笃定地说。

建设"一带一路"桥头堡，打造世界缝配之都

程增尧 浙江省东阳市缝配城有限公司董事长；东阳市虎鹿镇厦程里村党支部书记；东阳市虎鹿镇"创业之星"；浙江省市场协会理事会员；全国工商联纺织服装业商会缝纫设备流通分会常务副会长。

程增尧

专业市场的崛起,是改革开放以来浙江经济发展的一大亮点。小商品、五金、服装、家具……各类专业市场凸显地域特色,在浙江这片热土上落地生根、开花结果。

浙江缝配城

位于浙江省嵊州、诸暨、东阳交汇地——虎鹿镇的浙江缝配城，经过30年从小到大、从弱到强，由粗拙到精细的超常规、跳跃式发展，已然成为浙江乃至全球到目前为止规模最大、经营品种最多、销售地域最广的一个专注于服装制造器具的细分市场。

这里的缝制器具应有尽有，令人目不暇接，从皮带轮到钢刀片，从电剪刀到缝纫机针，从缝纫油到去污膏……

近五年，与市场发展配套的电子商务楼、缝配酒店、缝配博物馆也陆续建成，并投入使用。也正因如此，浙江缝配城被列为浙江省区域重点市场、浙江电商专业市场10强，被浙江省市场监督管理局评为"三星级文明规范市场"，还佩戴上了"世界缝配集散中心、配送中心、信息中心"的桂冠，实至名归。

从"低小散"迈向"高大上"

从20世纪80年代"低小散"的作坊式经营，成长为集生产、销售、研发于一体的缝制器具专业市场，从当初一个村集体开办的简陋逼仄的集贸场所，发展为占据全球缝配行业70%份额的世界缝配集散中心，这背后有着怎样的曲折历程？又有着多少攻坚克难鲜为人知的故事？

每每提起这些，程增尧总是淡淡一笑："我们就是从刀片、缝纫机针开始做起的，人们常说的浙商'走遍千山万水，历经千辛万苦，道尽千言万语，想出千方万法'，我们虎鹿缝配人也是靠这种精神，将缝纫机配件打出名气、叫响品牌的。"

的确，缝配城从小打小闹卖刀片、缝纫机针肇始，经历了市场崛起、"互联网＋市场"，及至目前的精制造、大贸易互为促进的过程，才逐步成为契合国内外行业领域发展变化中浙江优质专业市场的一个样板。

走近浙江缝配城，或许你能更加全面地领悟到浙商的"四千"精神，折服于浙江企业家敢为人先、勇立潮头的特有气质。

自从20世纪80年代开始，东阳市虎鹿镇的一批草根缝配人敢于尝试，"无中生有"加工缝制配件，走南闯北销售缝配产品，使得缝制配件的集聚效应日益凸显，逐步形成了专门提供缝制配件的集聚中心，缝配市场应运而生。

为满足不断增长的销售需求，1998年夏，浙江省东阳市缝配城有限公司正式宣告成立，虎鹿缝配市场从此插上了腾飞的翅膀，第一代"缝配人"踏上了支撑缝配产业奋楫前行的征程。

缝配城

经过30年的发展，目前，浙江缝配城占地250亩，年实体销售与网上成交总额逾30亿元，国内销售与出口贸易分别占40%和60%的份额。特别是以华洋缝配、伟群刀具为代表的缝配生产企业，许多"中国制造"的缝配零部件"跨栏"成为全球单项冠军。

缝配城平面图

随着知名度的日益扩大，浙江缝配城像一块巨大的磁铁吸引了许多外贸企业纷纷入户，迄今已进驻经营的

大会现场

外贸企业达到 30 多家，外贸销售占 70% 以上的份额。

内外销齐头并进，促使缝配城活力迸发，成为全球缝配产业的风向标。

文明花开，市场秩序井然

徜徉在浙江缝配城，人们看到的是一幅环境优美、秩序井然、道路清洁畅通的美好图景。

尽管市场经历了 5 次扩建，楼房样式不尽相同，但错落有致，每家商户的产品陈列整齐、放置到位；无论是主干道还是商户门口走廊，几乎看不到任何垃圾；市场内停车位标线清晰，各类车辆停放规范、有序；每天奔波于此的快递小哥文明服务，收件送件运作规范。

当问及市场何以能保持如此这般的良好秩序，程增尧坦言："市场主体花心思、下功夫，严格管理是一方面，但不可否认，随着新时代文明实践活动的深入开展，经营户自我管理、自我约束的意识不断提高，遵守公约，共同维护市场秩序，已经成为经营户无需监督的自觉行为。"

是的，浇灌文明花开，推动社会进步，靠的恰恰是人的自省与自律。在缝配城坐落的区域，书有"社会主义核心价值观"的墙绘和标牌频频呈现，文化化人，通过无形的灌输，"文明、诚信、友善"在经营户身上有了很好的诠释与体现。生意上他们信息共享、互通有无，生活上他们互帮互助、和睦相处，并肩行进在追求更高层次的物质富裕、精神富有的康庄大道上。

打造永不落幕的缝配网展

缝配城一路走来、一路超越，程增尧感触最深的是，市场要发展，必须与时俱进，不是跟潮流，而是要符合时代、引领潮流。

在专业市场生意好做的时候，缝配城先人一步谋划转型升级，在抢抓机遇扩建壮大市场的同时尝试"触网"。

2006年，缝配城投入大笔资金，组织专业人才建设缝配网。当不少商人还排斥网上交易时，缝配城就张开双臂拥抱了互联网。从不会到会，从吃"苦头"到尝"甜头"，经营户们好学进取，努力成为与信息时代合拍的智慧商人。

缝配网立足缝配行业特点，提供多样化、便利化的网上经销服务，客户和经销商平台共享，都成了买卖的受益者。

2020年10月，浙江缝配城又推出了"云上"国际缝配网展。这个平台不受时间、地点、人数和商品数量的限制，客户只需点击网址或扫描二维码就可浏览、对接意向的企业和信息，高效完成线上交易。

搭建互联互通平台，不断提升服务效率和质量，是浙江缝配城打造"永不落幕的缝配网展"的一大创新举措。程增尧介绍说："携手移动云平台举办'云上'缝配网展，一方面是帮助缝配企业构建便捷的线上交易平台，另一方面是为了常态化疫情防控和企业生存、发展，激发和培育市场的新动能。"

与时俱进、守正创新，才能勇立潮头。如今的浙江缝配城正朝着经营管理现代化、营销体系网络化、信息应用数据化的方向阔步迈进。

三根针变一根针,引领袜机革命的"袜痴"

顾伯生 浙江海润精工机械有限公司总经理;大唐袜业研究所所长;中国针织工业协会纺机技术顾问;中国纺织品商业协会家纺家居委员会副会长;2021中国家纺家居创新人物。

顾伯生（右）

诸暨大唐是蜚声中外的"中国袜业之乡"，在整个袜业界，素有"大唐袜机响，天下一双袜"的说法。如果说前些年大唐袜业是以产量大（年产60多亿双袜子），市占率高（占全球三分之一的市场）而闻名海内外的话，那么近些年，大唐袜业已经改变人们固有的"做袜子

实至名归

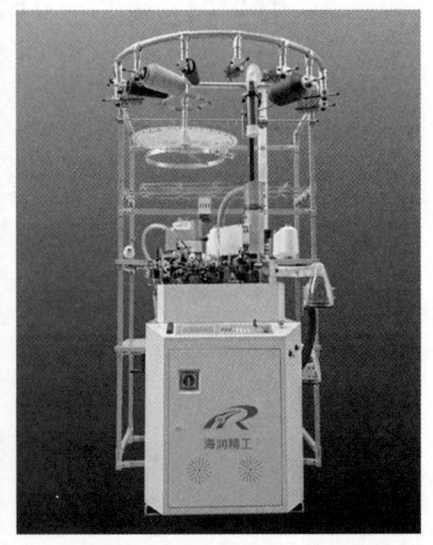

袜机

是低端的劳动密集产业"这一刻板印象，转而以产品的科技含量、生产的智能化水平，逐渐占领产业中高端的市场份额。

这是无数大唐袜业人十几年投入，自主研发，不断推进产业转型升级的成果。"袜痴"顾伯生和他的浙江海润精工机械有限公司就是其中杰出的代表。

顾伯生，大唐袜业研究所所长，中国针织工业协会纺机技术顾问，中国纺织品商业协会家纺家居委员会副会长。虽然顶着好些名头，但大唐人都知道，顾伯生心里想的、嘴里念的都是他的袜机，是个不折不扣的袜机"钻研狂"。

"袜痴"的漫漫从业路

顾伯生说他和袜机的缘分早在十几岁的时候就开始了。"我舅舅在上海国营纺机厂做技术员，每年年假回一趟诸暨，走街串巷维修机器。我那时不到15岁，整天骑自行车载着他，早出晚归上门去修袜机。"

也许是当年受舅舅的影响，顾伯生痴迷于各种袜机。"当时觉得很神奇啊，原料进去，机器开转，一会儿就出来一双袜子。我就想，我也要学会造这种机器，而且要造出那种不容易坏的，不要经常修理的袜机。"

2000年，机会来了。顾伯生得知广东有家国营袜厂倒闭，有150台八成新的袜机要处理的消息后，立刻东拼西凑借了50万元，远赴广东去购买这批袜机。整个采购过程还是比较顺利的，但当顾伯生的大货车去拉货时，却被这家企业员工拦住了，说什么都不让他们拉走袜机。

顾伯生被逼无奈跑到法院求助，没人告诉他怎么办，他只能跪在门口求见院长。门卫看不下去了,悄悄告诉他,尾号03的车是院长的车:"一看车子来了,你就站起来往前冲。"这招果然有效,院长被这位诸暨人的困境打动,派了20多个法警,把这批袜机"抢"了出来。

这些"抢"出来的袜机,就是顾伯生袜机研发制造事业的基础。2001年,浙江海润精工机械有限公司成立,顾伯生一头扎进了袜机研发的海洋,虽然公司成立不久,资本也不雄厚,顾伯生毅然排除万难成立研发团队,走上自主研发技术、提升袜机性能的道路。

自主知识产权之路道阻且长

关于知识产权,顾伯生一开始就有清醒的认识:"一定要依靠自己,即使你在短时间里可以模仿别人,但是如果时间长了的话,别人的核心技术是模仿不来的,后面还是要靠自己。水平不高产品不好到最后还是会被市场淘汰的。不能永远盲目跟风,必须勇于开发新技术,勇于跟别人竞争。"

顾伯生锚定意大利袜机,本着"水平不低于意大利,成本低于意大利"的原则,带领他的团队钻研袜机技术。二十年磨一剑,从手摇织机到智能一体机,从多次转移到一次转移,终于制造出工艺达到国际先进水平,成本不到国际同类产品的三分之一,能耗是进口设备的一半的"一次转移"袜机。

"顾伯生用'一根针'取代国际巨头'三根针'的功能,凭借一根针实现全部功能,这是袜机革命的一次飞跃。"中国针织工业协会副会长瞿静说,"顾伯生20年的专注研发改变了中国袜机的全球地位。"

改变的故事从来不是一帆风顺。

2017年秋,顾伯生接到宁波中院的传票,全球顶尖袜机制造商意大利罗纳地集团在中国设立独资子公司圣东尼（上海）针织机器有限公司起诉海润精工侵害其发明专利。

当时顾伯生的新袜机刚刚准备量产，已经接到300多台的订单，遭起诉后，面对国际巨头的来势汹汹，顾伯生没有胆怯。他的底气来自对自己自主研发技术的信心。

"有没有侵权我心里是清楚的，我的技术是我'磨'了20年的成果。20年来我日思夜想的就是改良袜机，就像一个梦，我追寻了20年，终于做成了，怎么会是抄袭别人的呢？"

袜机

20年追寻一个梦，顾伯生一点也没有夸张。20年前，和诸暨大唐诸多袜企一样，顾伯生依靠进口袜机生产袜子挣钱。但他很快发现，动辄几十万元一台的进口袜机，攫取了大唐袜业企业的大部分利润。

"一定要生产出自己的袜机，要比进口的还好。"这个朴实的想法就像一颗种子，深深埋在了顾伯生的心中。2005年，顾伯生把袜厂交给妻子，全身心投入干一件事：研发自己想要的袜机。

他跑遍世界上大部分知名袜机企业。"最难的是精度控制。"顾伯生指着一只白袜上的一条蓝色缝接线说，"要达到手工缝制的品质，针脚精度必须控制在丝米级。"

为了攻下这项技术，他"磨"了20年，持续投入数千万元。最艰难的时候，他卖掉高档轿车，用于开发模具。

2015年，顾伯生成功研发出全自动"织翻缝检"智能一体袜机，并于年底申报了43项专利，其中发明专利27项、实用新型技术专利16项。这批专利的成功申报，立即引起罗纳地公司的关注。

圣东尼公司开价1000万元要收购海润精工的核心技术。虽然当时公司发展正需要钱，建厂房、拓市场、加快推进产业化，但是顾伯生选择了拒绝国际巨头开出的优厚条件。

"核心技术是我自己研发的，就像我的孩子，多少钱也不能卖。"正当顾伯生准备大干一场时，就迎来了知识产权官司。

"从研发袜机的第一天开始，我就告诉自己，要超越而不是模仿。所以，面对诉讼，我一点也不怕。"在顾伯生的办公桌上，放着一排形状各异的针。他左手挑出一根，右手挑出形状各异的三根，摆到面前说，"将纱线织成袜子，一台全自动智能袜机要实现多个功能，海润袜机用一根针搞定，但罗纳地要三根。"

这正是海润精工自主研发袜机的核心技术所在。中国针织工业协会副会长瞿静说，顾伯生自主研发的这台袜机1000多个零部件全部国产化定制，其中袜机"大脑"，由国内上市公司为其独家开发。

心中有底气的海润精工积极应诉，2019年4月23日，浙江省高级人民法院〔2019〕浙民终129号判圣东尼（上海）针织机器有限公司终审裁决败诉，海润精工与圣东尼的专利侵权纠纷案以海润精工的完胜落幕。

技术研发永远在路上

在业内大名鼎鼎的顾伯生永远还是那个身着工装盯着电脑上袜机各类参数的顾师傅。技术研发依然是顾伯生每天最重要的事情。

上级领导视察工作

"技术进步无止境。我不能也不会躺在过去的成绩上，在数字化、智能化的今天，袜机的制造如何跟袜业新材料、新工艺结合，是我们一直在研究的课题。"顾伯生一双有力的大手指着办公桌上排列整齐的针，若有所思地说。

果然，2018年年初，在中国纺织工业企业管理协会引荐下，海润精工牵手安徽丰原集团，联合开发玉米纤维袜，突破关键性技术。

"作为一种可持续发展的新型绿色高分子材料，玉米纤维在袜业领域应用，市场前景巨大。纤维袜的效益至少是传统棉袜的十倍，中国袜业不断向高端迈进，一定要有先进的袜机装备，配合新材料的开发和利用。海润精工目前是这一技术的国内领跑者。"中国纺织工业企业管理协会副秘书长白丽敏说。

中国制造已经逐渐从产业链的中低端向中高端迈进，在中国迈入制造强国行列的过程中，正是有无数像顾伯生这样的技术钻研狂，才支撑起"中国制造"向"中国创造"迈进，他们是中国产业升级的中流砥柱。据悉，顾伯生研发的袜机将被选送到国家博物馆陈列展览。

一心向阳,成为他人世界里的暖阳

孙凌波 长红大药房连锁有限公司总经理;副主任中药师、执业中药师,执业医师;平湖市"十佳巾帼明星";嘉兴市十佳创业女性;嘉兴市首届"十大风云人物";嘉兴市道德模范;最美诚信嘉兴人;浙江省十佳浙商女杰;浙江省"巾帼建功"标兵;浙江好人;诚信浙江人;全国文明家庭。

孙凌波

温文尔雅，说话不徐不疾，似乎什么事都了然于心——这是很多人对孙凌波的第一印象。曾经是朝九晚五公务员的她，经过19年的商海历练，浑身上下洋溢着浓浓的儒商气息，这气息渲染了整个嘉兴城，

长红大药房

暖化了无数位曾历经人生至暗时刻的嘉兴人。春风解语，孙凌波的耐心和温柔，像一道光照进了别人的世界，多少人无助、仿徨，却因有了这道光，所谓的"人生凛冬"已不再寒冷。

回望当年，2002年6月，孙凌波辞去公职，奋力赶上公务员下海经商的末班车，兜遍平湖每一条大街小巷，最终在一个面积大约500多平方米的店铺扬起创业的风帆，她创办了第一家长红大药房关帝庙店。

要有太阳般的光芒，卖放心药

作为医药专业人士"下海"，孙凌波深知医药零售行业的特殊性，药品质量深系人们的生命健康，把好质量关是第一要务。

孙凌波说："从创业那天起，我就深知'保证高质量的药品，保证群众用药安全'是医药行业最基本的社会责任，任何牺牲社会责任而放逐自己追求一己之利的行为，最终丧失的是企业的市场生命。"

她提出"长红药、良心药、放心药"的口号，亲自挂帅并践行。为此，公司专门成立了一个质量管理领导小组，严格管控药品质量和进货渠道，保障平民百姓吃得放心、用得安心。

丁是丁卯是卯，决不向危害老百姓生命健康的事妥协，孙凌波将这些良好素养发挥得淋漓尽致。有一次，一家国内著名的保健品公司向孙凌波推荐了一款具有降糖功效的保健品，欲寻求合作。孙凌波知道，国家明确规定保健品是不以治疗疾病为目的的食品，目前国际国内尚无研究证明保健品可以替代降糖药，也尚无研究证明可以不服降糖药品而起到控制血糖的效果，除非该保健品中擅自添加降糖药物。

孙凌波当即拒绝合作，坚决抵制这种行为。果不其然，没出半年，该产品在平湖地区的销售过程中触礁翻船,经有关部门验证查处,这款保健品果然违规添加了某种降糖药品成分。

如果没有强大的专业知识储备,如果无视生命安全随意践踏诚信经营底线,那岂不是跟利欲熏心的不法商家同流合污?孙凌波不屑这种发财致富之路。

要有太阳般的清朗,卖良心药

为了让更多的老百姓吃得起药,用得起药,孙凌波高举"平价"大旗,从源头供应商处进货直供药房,减少了药品中间流通环节,只为让利于消费者。

2002年6月2日,长红大药房开业当天,一盒盐酸环丙沙星胶囊,从时价8元降价到1.2元;一瓶消炎利胆片,从12元降到2.8元。一时间舆论哗然,赞许的有之、质疑的有之、指责的有之,各媒体也争相报道。或明或暗的举报引起了相关部门重视,他们纷纷前来长红监督、指导工作。孙凌波始终坦然以对。

刚开业事务繁多,初涉商海的孙凌波对财务缺乏认知和了解,某同行抓住这一点举报到了省国税局。很快平湖税务部门就彻查整顿了长红的税

孙凌波在药店

务问题。平地一声雷,一些看客们想象着孙凌波的办公室被翻查得满屋凌乱,都在窃窃私语悄然传播,孙凌波却处变不惊。

她本着一颗精益求学的心,坦诚面对自身不足,同

孙凌波到菜场发口罩

时写了一封长长的感谢信给当地税务局,感谢他们提醒了长红、教育了长红。她内心淡定从容:"我们原本就想诚信经营,把企业做大、做强、做规范,税务这一块以前确实不太懂,这次正好给了我们学习的机会。"

2003年非典肆虐,板蓝根等药物脱销,很多药房趁机哄抬价格胡乱涨价,老百姓有苦难言。孙凌波不同,她坚持该卖多少价还卖多少价,坚决不涨一分钱。很多人笑言孙凌波"傻",也有人暗自嘲讽她"故作清高"。

孙凌波说:"越是这种特殊时候,越要体现一家企业的诚信和担当,'让老百姓吃得起药'的初心可不能丢。"

时光流转,即变到了2020年也是如此。回想新冠疫情爆发之初,孙凌波就敏锐地感觉到事态的严重和不同,她采购了10多万只口罩,到菜场、车站、商场等人流密集的地方分发赠送,力所能及宣传防疫知识。

国家有难,匹夫有责。孙凌波一心奉行卖良心药,不发一分国难

财。当口罩、额温枪、消毒液等物品一货难求时，孙凌波挺身而出冲在前头，带领同仁排除万难千方百计寻找货源充实柜台，让周遭的普通老百姓都买得上、用得上。

要有太阳般的能量，卖长红药

长红大药房几经发展遍地开花，在平湖的大街小巷，随便走几段路，总能找到长红的身影。与此同时，门店也拓展到了嘉善、海盐、嘉兴等地。

在长红大药房任何一家门店，常能听到这样的对话。"阿婆，您这个药是每天服用三顿，每顿服用一片，您要记得哦。""叔叔，您这个药我们暂时缺货了，您方便的话留一下电话号码，到货了我们马上通知您。"

作为一名专业的执业药师、执业医师，孙凌波要求她的员工做到"小病当医生，大病当参谋，养生当老师"，为顾客提供优质服务。为了征集消费者需求和征求消费者意见反馈，长红大药房的每一家门店内都明示了《服务公约》，设置了咨询台。顾客意见簿和缺药登记簿，也成了店内的标配。

及时当勉励。孙凌波对意见簿上所提的意见常常欣然采纳；对顾客缺药登记簿上的缺药信息，留心用心，一边采购一边告诫同仁一定要第一时间通知顾客或送药上门。

"有时候顾客订购的药品很难找到，我们也会千方百计把它找来，哪怕亏点钱，也从不失信于人。"孙凌波表示。

好口碑一传千里，顾客们对长红大药房的好感倍增，每开一处新门店，当地老百姓都欢欣鼓舞："长红大药房终于开过来了，我们买药就方便了。"

为了给门店输送专业人才,孙凌波非常重视员工管理和培训。"月月大培训、周周小培训、天天微培训"雷打不动。她还着手建立"校企合作"模式,先后与平湖市职业中专、嘉兴市交通学校、浙江海洋大学开办"长红班",定向培养医药专业人才。从长红班毕业的学生素质高、能力强,一上岗都成了中流砥柱。

崇孝尚德回馈社会,做长红人

在长红大药房管理总部,无论是走廊,还是员工办公室,都张贴着有关"孝德"内容的传统字画,这一切来源于孙凌波对国学的挚爱,"崇孝尚德,以诚待人"已成为企业文化的主旋律。

"孙总时刻不忘回馈社会。"她的助理说,"这样的例子太多了,一口气能说上好多,比如:结对寒门学子,助他们实现求学梦;提供爱心岗位,帮助贫困母亲重燃生活信心;捐助受灾地区,帮灾区人民重建家园;助力五水共治,献上我们绵薄之力;向全市农村独居老人捐赠收音机,丰富老人们的精神生活;助力新时代文明实践,捐赠公益基金 100 万元等等。诸如此类的爱心捐赠,一桩桩、一件件,举不胜举。"

"就 2019 年新冠疫情防控工作而

培训

公益活动

言，我们累计向社会捐赠口罩 10 万余只；赠送"暖胃食品"1 万余份；向平湖慈善总会捐赠防疫基金 10 万元；向民工子弟学校，平湖籍海外侨胞、港澳同胞、留学生等社会各界捐款捐物达 30 余万元。"孙凌波的助理补充道。

据不完全统计，长红大药房自创办以来，累计向社会捐款捐物达 800 多万元。

巾帼不让须眉，在孙凌波的带领下，长红家族不断发展壮大。孙凌波介绍说："我们的业务版块很多，跨界多元发展。2010 年，我们投资创办了长红国学幼儿园，以'衷中参西'、'崇孝尚德'作为办学理念，成为教育界学习的楷模；2012 年，我们成立平湖市长红公益文化发展中心，向全国推广孝德文化，并承接大量政府购买项目；2014 年，我们投资平湖市首家民营医院——平湖市新华医院；2015 年投资兴办长红医药批发公司；2016 年先后投资创办长红门诊部、求正医院、港区长红医院、易正骨科医院等，同时，介入健康烘焙、居家养老等产业。"

据了解，壮志凌云的孙凌波下一个目标是：要在嘉兴地区打造一个以医药为主的"大健康"全产业链品牌。她表示，将带领长红人践行企业核心价值观——党建引领，诚实守信，崇孝尚德，感恩报本，并做好用药指导，为百姓健康保驾护航。

高质量发展之路

导行,让中国人住上健康住宅

张云龙　导行零加醛整装供应链董事长;天然植物零甲醛胶首创者;国内首家无醛供应链平台创建者;装修业"即住健康标准"创建者;装饰材料业"零甲醛添加标准"创建者;国内全品类实现无甲醛添加技术首创者;健康装修全产业链"共享模式"创始人。

张云龙

人们向往美好的生活，家便成了温馨的港湾。随着生活品质的提高，环保、舒适、健康、宜居的家居环境成了广大消费者的普遍追求。也因此，住房装修变得尤为重要，几乎成了人们高品质生活的标配和刚需。

装修过程中，若使用的板材、油漆含有甲醛、苯等有毒有害物质，

导行品牌文化一隅

对人体健康造成的危害是不可估量的。

我们经常能从新闻报道中看到因装修或搬新家而得恶性疾病的事例,令人痛心也给人以警醒。甲醛含量过高不仅可能引起咳嗽和恶心,还可能诱发白血病,对人体健康极为有害。更可怕的是甲醛的挥发期长达8～15年,而导行通过科学的计算方法发现甲醛挥发期可以长达30年以上。如果长期生活在甲醛、苯等有害物质环绕的环境中,其危害程度可想而知。

大爱无疆,做行业的变革者和重塑者

居住环境的健康是美好生活必不可少的条件。吃饭、睡觉、学习、健身、娱乐,一切居家活动的载体是环境。房屋的舒适度直接影响着居民的身心健康。

2020年突如其来的新冠肺炎疫情影响了很多人的生活。居家时间多了,生活节奏慢了,人们开始审视自己的居家环境,对家居建材安全性、环保性方面的关注也持续攀高。

装修建材的鉴定相当专业,消费者仅凭肉眼和嗅觉根本无法辨别建材中是否含有甲醛等有害物质。

家居建材行业似乎是一个仰仗从业者责任和良知的行业。张云龙就是这一行业中的佼佼者。进入家装行业近30年的

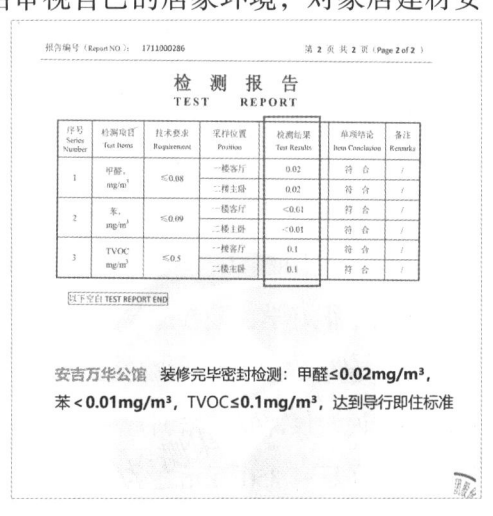

检测报告

张云龙目睹了家装污染造成的太多令人痛心的事件，很早就立下心愿："让中国人住上健康住宅！"

正是这个朴实而又宏大的心愿，鞭策和激励他深耕家装世界，不断引领行业变革。也因此，张云龙一跃成为家居建材行业的变革者和重塑者。

花同样的钱，住无污染的家

自 2000 年开始，张云龙就开始研发无醛产品，一路走来硕果累累。2003 年全国首个儿童房专用漆问世，到 2006 年，在家装中得到广泛应用。2009 年全国第一款天然植物零甲醛胶诞生，属全国首创，这标志着实现无污染装修时代正式来临！

张云龙所研发生产的零甲醛天然植物胶水以及因胶水而关联的零甲醛板材、橱柜及无醛无苯水性木蜡油、零甲醛墙面涂料等十几个系列产品覆盖整个装修领域，取材天然，环保无污染。

张云龙爱钻研学问，说他是"儒商"，一点也不为过。他说，这些技术产品的问世，得益于古人智慧，取材天然用工自然，却最为环保、实用。

张云龙很好学，爱参加各类培训讲座，遍访名师，跟大咖交流。他的助理说，仅课程的培训费——累计到现在足有 350 万元之多。

"泰山不让土壤，故能成其

检测报告

导行材料标准内容

最具创新力奖

新闻发布会

大;河海不择细流,故能就其深。"张云龙对学习究竟痴迷到怎样的程度?只要授课老师在行业内小有名气,张云龙都会参加,且不限行业,打开他的抖音,除了重要新闻,剩下的都是知识类的课程。

有一次,听说有位名师来上课,机会难得,交了课费,张云龙兴冲冲地去了。到了会场,才知道来上课的老师是讲英语的,他哈哈一笑,还笑得很开心。

"三人行其中另外两人必是我师。"张云龙就是这么认为的,也是这么做的,他认为,成功的企业家有值得学习的成功经验和精神,倒闭的企业家更有必须要知道和弄清楚的倒闭原因。他佩服乞丐即使无数次碰壁遭人白眼也依然坚持乞讨的执着;崇尚匠人吃苦耐劳依然乐在其中的精神;他既喜欢八面玲珑之人的圆润,又不改自己忠肝义胆式的刚烈性格;既想攀科学家朋友又热爱结交传统的农民兄弟。他强烈地爱国爱党,在他的身上感受到的是满满的正能量,看不到负的一面。

他有一句遇人就讲的话:"请不要忘记今天的生活是怎样来的,我们的党把一个一穷二白、十几亿人口的国家都搞富强了,只要是中国人,就没有理由不爱我们的党，没有理由不爱我们的国家。"

2018年，导行供应链管理有限公司联合杭州市装饰装修商会隆重发布了全国首创的《导行即住标准》，其参数远高于国家环保标准；所谓"即住"就是装修完毕后室内空气中甲醛含量零添加，装修好即可入住，无需用各种方法进行消毒散风处理。

导行空气质量标准内容

导行用检测结果说话、用数据说话，装修业主再也不用自己去辨别建材是否安全与环保。

"我们专注无醛研究这么久，就是要在技术上攻克难关，要在源头上消除甲醛等有害物质对装修材料的污染，我们生产的每一滴胶，每一块板，每一桶涂料，每一点腻子，都不添加一丝一毫甲醛、苯及同系物，最大限度实现安全环保。导行的承诺就是装修即住，无甲醛。"张云龙解析道。

难能可贵的是，导行的产品标准虽然提高了，但价格却没有提高，也就是说消费者用同样的钱，可以购买到更环保更安全的好产品，同时也没有后顾之忧。那么他们是如何实现真正意义上的物美价廉呢？

秘诀就是：整合上下游产业链，降低摩擦成本，真正让利给消费者。

产业链整合者

"家居建材行业相对传统,效率不高的主要原因是产业链条冗长,产品从工厂到用户,中间历经层层加价,透明度很低。各方参与者利益关系错综复杂,沟通成本高,装修公司、设计师和施工队的服务也参差不齐。研发无醛家装建材的时候,我就在想,如何整合家装行业产业链,解决上述这些问题,尤其是让产品和客户直接面对面,尽可能减少中间环节,既让产品质量得到提升,又让消费者获得实惠。"

优秀的创业者总能一针见血找到行业堵点。在张云龙的带领下,导行供应链管理有限公司自诞生以来一直以"疏通堵点,解决痛点"为出发点和落脚点,从而成为行业翘楚。

"未来的家装行业肯定是线上线下深度融合的,家居建材与餐饮业相似,要改变小散低效的传统装修模式,就需要中央厨房,我们要建立属于家装行业的中央厨房。"

杭州绿色家装产业峰会

"和餐饮的中央厨房不同的是，我们除了满足消费者对产品选择的需求，还涉及多种服务，贯穿家装设计、工程施工、检测验收等多个环节，我们的平台将产品、服务资源整合，匹配供给和需求，切实减少中间环节，保障家装质量。"谈起导行零加醛整装的缘起，张云龙滔滔不绝。

2018年9月，导行零加醛整装线上线下全面上线。集产品、销售、物流、服务和环保为一体的家居建材供应链平台正式上线。导行零加醛整装供应链的整合对象包括经销商、建材商、厂商、材料商等家居建材行业的从业者。

作为平台方，导行零加醛整装供应链掌握了建材商供货能力信息，能根据订单匹配最合适的供应商，且具备平台直销、集中采购的价格优势。由于在线化并缩短了链条，导行零加醛整装供应链能有效提高各环节的沟通效率和销售效率；导行零加醛整装供应链还搭建了服务体系，包括配送安装、售后维修等。同时，导行零加醛整装供应链与各大品牌物流商合作，逐步建立了云仓储机制。

"创建导行零加醛整装平台，我们是有雄心壮志的，"张云龙笑着说，"我们的想法是为全国上千家家装企业实现转型升级，为全国千万家庭住上无污染的健康居住环境，为全国百万匠人创造更高的收益。这是我们的远景目标，是一直激励我们做好导行供应链管理的动力所在。"

导行零加醛整装平台上线以来，导行的发展可谓一日千里。"导行九阳神功"面世，引领了"全品类无醛建材共享模式" + "互联网 + 新营销模式"新浪潮。2019年6月，导行荣获杭商全国理事会"最具创新力奖"。2019年7月，导行零加醛整装供应链联营中心遍布全国40多个城市。

"未来我们要在全国建成二十九大运营中心,完成10000多个服务网点落地。为中国的健康住宅贡献力量是我们导行人的初心和使命,不忘初心、牢记使命,我们将一路前行!"张云龙豪情满怀。

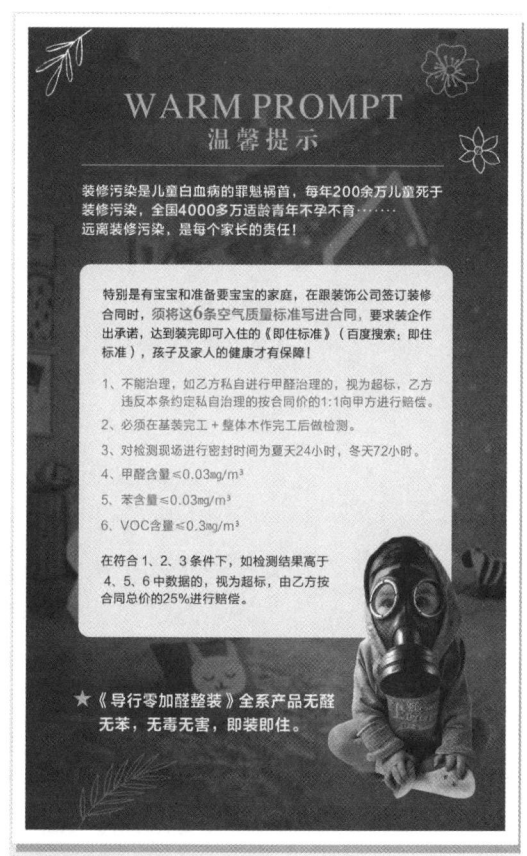

导行的温馨提示

从"戴鼎泰"到"鸿光浪花"——百年老字号的新故事

杨林其 杭州豆制食品有限公司党委书记、董事长;中国食品工业协会豆制品专业委员会副会长;杭州市食品工业协会会长;上海豆制品行业协会副会长;杭州市劳动模范;杭州市新农村建设贡献奖先进个人;杭州市关爱职工优秀企业家;浙江省食品行业优秀企业家;中国豆制品行业影响力企业家;浙江省老字号企业协会工艺慈善掌门人;"中华老字号华夏工匠奖"获得者。

杨林其

豆制品是中国特有的美食。革命先驱瞿秋白曾在《多余的话》中这样写道:"中国的豆腐也是很好吃的东西,世界第一!"

豆腐在中国的历史可追溯到2000多年前的汉朝,热衷炼丹的淮南王刘安在炼丹的过程中偶然发明了豆腐。从此,以豆腐为代表的豆制品逐渐成为中国人日常饮食的重要组成部分。在自古繁华的钱塘之地,豆腐制作更是花样百出,流行民间,并孕育出"鸿光浪花"这样享誉全国的豆制品品牌。

鸿光浪花厂区

杭豆"鸿光浪花"的今古传奇

据史料记载，杭州的豆制品行业到清咸丰四年（1854年）有作坊百余家，分布于浣纱河、中河、东河及运河的河畔桥头。在百余家豆腐作坊中，传承至新中国成立后的百年老店，有创建于清咸丰年间的"余福兴"豆腐店和建于光绪年间的"戴鼎泰"豆腐店。

1957年公私合营后，杭州第一家国营豆制品厂——杭州豆制品厂正式成立，地址在距离杭州西湖500米的岳王路26号。20世纪80年代末，随着改革开放的不断深入，杭州市区的豆腐业逐步归并、发展成10家豆制品生产厂，之后又几经撤并，到1993年组建为杭州豆制品总厂，成为全国生产经营规模领先的豆制品生产企业。

这期间，1985年3月，杭州豆制品厂注册了"浪花"商标，1991年10月，杭州红光豆制品厂注册了"鸿光"商标，它们都是杭城百姓在很长一段历史时期内耳熟能详的品牌。

2001年，杭州豆制品总厂进行体制改革，成立了杭州豆制食品有限公司，同时整合了"鸿光""浪花"两个品牌。

2009年，杭豆公司在杭州市余杭区瓶窑凤都开发区的新生产基地——"杭州鸿光浪花豆业食品有限公司"建成投产。基地无论在产能规模、工艺布局、先进设备还是食品安全等方面都可称为业内一流。

从前店后场的夫妻店、小作坊到现代绿色食品工业基地，杭豆的发展是中国豆制品行业发展的缩影，也是中国人民不断追求美好生活的艰辛和自豪的伟大历程的缩影。

一颗黄豆的变形记

从一颗颗黄豆,到一块豆腐,要经过一道又一道的工序,一次又一次的蜕变。一颗颗小小的、硬邦邦的黄豆,经历选料、浸泡、磨浆、分离、煮浆、过滤、凝固、成型的涅槃,重生为一块方方的、软软的豆腐,可硬可软、可薄可厚、可煎可煮、可香可臭,仿佛就是悟境的转化。

一百六十多年的风雨变更,现代科技与传统工艺的融合优化,碾磨出越来越多的豆制产品。"黄金豆腐"可切片切丝切丁,韧性和润滑鲜明;豆腐干对折90度不易裂不易断;油豆腐用手指向内压,松开后仍可复原,久煮不糊;薄千张置于书页上依然可见文字,烧煮不碎;兰花干幽香清口,对角撕开,内在组织如肌肉纤维状;素鸡手感富有弹性,煮后糯而不烂……

隐藏在"鸿光浪花"美味背后的是非转基因大豆、10万级净化生产车间、专业研究院与检测中心、自来水二次净化大型设备、数智化生产、透明化工厂、全冷链存储运输、全程网络管控……

"鸿光浪花"品牌掌门人、杭州豆制食品有限公司董事长杨林其关注的,正是黄豆衍生物的绿色、美食的幸福、传承与创新。

"做食品不比做其他行业,食品是老百姓吃进肚子里的东西。"杨林其说自己做了这么多年豆制品,仍有一种"走钢丝"的感觉,"食品安全重于泰山,我们做食品的人要永远记住这句话。"

正是这样的理念,引领杭豆在未来的发展和壮大历程中,始终将生命健康领域食品安全放在第一位。

2011年6月6日,因上游水源受到污染,为确保食品安全,杭豆公司一连"停产停供"5天。尽管停产停供这一举措让企业蒙受高达几百万元的直接经济损失，但预先扼制了食品安全事故的发生。

2020年，面对突如其来的新冠肺炎疫情，杭豆公司以快速的反应和高度的社会责任感，第一时间做好疫情防控，第一时间抢抓市场保供稳价，用"八个第一时间"的工作举措，有力保障了菜篮子豆制品的供应，荣获了"浙江省防控新冠疫情市场保供贡献突出企业"、"杭州市市场保供稳价先进集体"、"杭州市五一劳动奖状"。

生产车间

民生无小事，杭豆公司在食品安全、市场保供稳价等方面的表现得到了政府、客户以及广大消费者的首肯和赞许。

老字号传承的背后是创新。早在"鸿光"和"浪花"品牌整合之初，杭豆就制定了"向传统技术要名特精品、向现代科技要新优产品"的产品品牌发展战略。

作为一家百年企业，杭豆不断创新产品工艺和产品品类，仅向市场供应的"鸿光浪花"系列豆制品就有9大类150多个品种，率先在行业中革命性推出内酯类豆腐、晶玉豆腐、中华豆腐、蛋玉豆腐等新型安全豆制品，以及豆奶、豆浆等大豆新食品。

匠心出匠品。推陈出新的背后，是杨林其和杭豆员工们敢为人先的拓荒精神迸发出的进取力量。

百年老字号的新活力

近年来,为了吸引更多的年轻消费者,杭豆制定了老字号品牌年轻化战略,让更多的年轻消费者认知"鸿光浪花",爱上健康美食的豆制食品。

杨林其表示,"鸿光浪花"品牌年轻化战略主要从三点出发。首先是口感上的创新突破,找到适宜年轻人的好口感进而研发新产品。他认为,味觉是休闲类食品的制胜之道,为了避免味觉疲劳,产品必须不断更新。

除此之外,还要从食材上进行各种变形、变味,用来适应市场年轻态的口味。

为了吸引更多年轻消费者,杭豆在包装设计上也下了不少功夫。他们将中国传统元素和时尚现代元素不断融合,在包装上推陈出新,融入更多中国传统豆制品饮食文化内涵和现代健康饮食理念,让消费者耳目一新。

"老字号要更好地生存发展下去,吸引年轻消费者是必须的。在杭州市商贸旅游集团有限公司的支持下,杭豆公司的线上营销以及品牌'年轻化'之路有了一个良好的开端。未来,公司会修炼好'内功',线上线下两手抓,紧密合作,整合资源。"杨林其又笑道,"同时,也会有更多的新产品更新上线,不断丰富产品线,玩出'新花样'。我们要让'鸿光浪花'这个百年老字号走向年轻化,为年轻消费者所熟悉。"

对于"鸿光浪花"的远景规划,未雨绸缪的杨林其早已在心中绘就蓝图。

二 大潮涌动

又是春潮拍岸时,当年一笔一画勾勒的改革蓝图,已化作大潮涌动、云卷云舒、峰峦莽苍的壮美画卷。

口腔健康的守护者

沈 斌 嘉兴口腔医院业务院长、副主任医师、种植中心主任；嘉兴市医学会口腔分会常委；嘉兴市口腔质控中心委员；秀洲区口腔质控分中心主任；嘉兴市口腔学会理事；国际口腔种植医师学会（ICOI）成员；中华口腔医学会种植专委会成员；中华口腔医学会成员；嘉兴市秀洲区知联会成员。

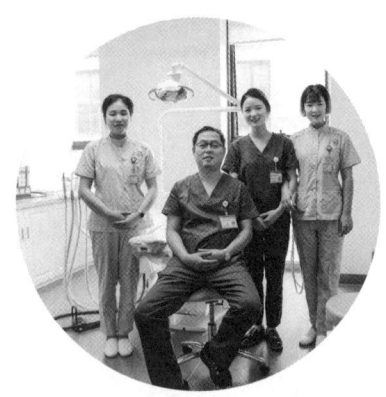

沈斌（左二）

"牙疼不是病，疼起来可要命。"其实牙疼也是一种病，需要及时治疗。随着人们生活水平的提高，大家对口腔健康的要求越来越高。如果身边有一家好的口腔医院，那么就再也不用忍受牙痛之苦，生活质量也会大大提高。

嘉兴口腔医院外景

嘉兴口腔医院 2016 年成立，是嘉兴市口腔学会理事单位，嘉兴市医学学会会员单位，嘉兴市口腔质控中心秀洲区分中心挂靠单位，嘉兴市医保研究会常务理事单位，医保定点单位。

它东临嘉兴石臼漾生态湿地公园，西傍嘉兴秀湖生态公园，成立短短几年，就获得了当地老百姓一致好评。

口腔健康，才是真健康

嘉兴口腔医院是一家集口腔医疗、科研、教学、预防保健于一体的现代化口腔医院。

随着全国爱牙日的普及，人们对口腔健康意识的提高，爱牙护牙已成为一项必不可少的日常保健工作。因此，义务看诊、志愿活动也成了嘉兴口腔医院的一项常规活动。

老吾老以及人之老，幼吾幼以及人之幼。这些年来，沈斌院长带领嘉兴口腔医院的医护人员先后参加过"情暖重阳、关爱老人""口腔健康进社区"和"关爱下一代，小朋友爱牙护牙活动"等各种志愿活动。

每次活动，医务人员都热心为前来咨询的朋友进行口腔检查，解答问题，宣讲安全就医、正确就医知识。同时，发放口腔保健宣传资料，现场演示正确的刷牙方式、牙线的使用、义齿的维护等，帮助他们提高口腔保健意识，培养良好的口腔卫生习惯。

据悉，嘉兴口腔医院每年提供的免费义诊活动高达百场之多，咨询人次达 5000 余人，发放口腔健康知识宣传册 8 万份，赠送口腔保健用品 3 万份。

医者仁心，在沈斌院长的带领下，"尽心、尽职"成了每一位医务人员的真实写照，嘉兴口腔医院的口碑越来越好。

口腔健康的守护者

现场授课

重阳节开展关爱牙齿活动

"口腔健康重在预防，我们要将这把获取口腔健康的金钥匙交到每个老百姓手中。通过科普宣传把最基本的口腔防护之道告诉老百姓。如果人人都能从正确刷牙开始做起，我国的口腔健康水平会有很大提升。"沈院长这么说，也是这么做的。

嘉兴口腔医院从内部做起，不断增强员工的服务意识和奉献意识，弘扬医务人员爱岗敬业、服务人民的精神。

携手嘉禾义工成立爱心医疗服务大队，以组织的形式参与社区医疗服务工作……

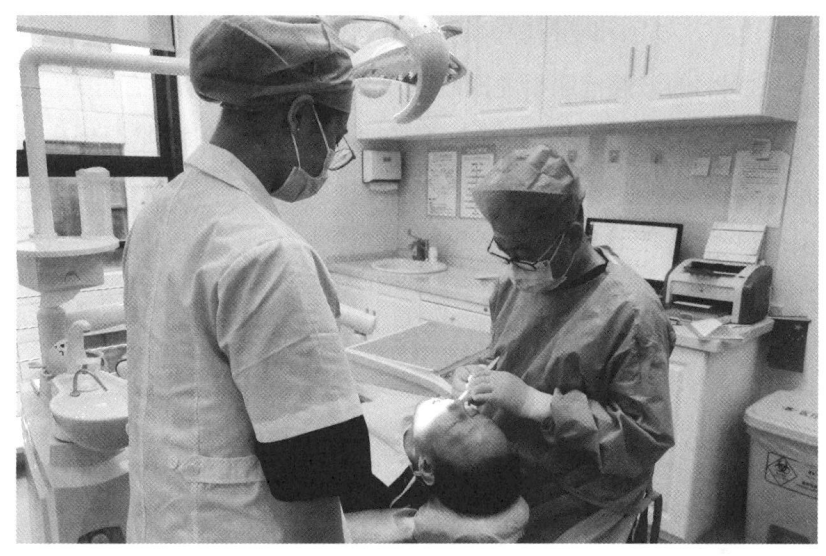

牙齿诊疗中

定期组织优秀医务人员到社区、广场、商业中心等处为广大社会群众开展口腔检查，并赠送口腔保健用品……

与学校、社区联络组织儿童到院参观，免费开展口腔健康教育课、口腔健康检查与牙医职业体验活动；讲解口腔健康基础知识、龋齿的形成及危害等并通过视频演示正确的刷牙方法。生动有趣的课件及授课方式受到了孩子们的喜爱……

"我们医院设有多个临床科室，口腔正畸科、口腔种植科、口腔修复科、牙周美容科、牙体牙髓科及微创拔牙科等。"沈院长热忱地介绍，"为给广大禾城百姓提供优质的口腔医疗服务，我们成立了名医工作室，专门引进沪杭及本地知名专家为患者排忧解难。"

"我们的优势是距离上海、杭州都很近，和国内外顶级口腔专家交流学习的机会多，我们采用灵活多样的方式，邀请专家们到我们嘉兴口腔医院看诊、会诊，解决患者的疑难杂症。除了引进来，我们也注重走出去。鼓励和支持院内的年轻医师外出进修深造。"

"我们的口腔健康事业刚刚起步,未来口腔市场大有可为。"

星光不问赶路人,时光不负有心人。秉持健康科普情怀,深耕口腔健康这一专业领域,嘉兴口腔医院仁心仁术、造福病患的大道必将越走越宽广。

嘉兴口腔医院医务人员合影

高质量发展之路

航支鑫,撑起世界一片天

朱立桥 浙江航鑫支吊架有限公司总经理;诸暨商会理事。

朱立桥

汶川地震发生时,朱立桥从事消防安全行业已有十多年。汶川地震、玉树地震、雅安地震等自然灾害的频发,对朱立桥的触动非常大。

"安全"两字,是他事业的轴心,也是他看待事物的重要视角。地震后倒塌的房屋、桥梁等建筑物,引发了朱立桥对建筑安全的思考。

2022亚运项目曲棍球馆

为什么日本的房子比我们的房子更防震,为什么我们辛辛苦苦建造的建筑物在地震面前如此不堪一击?

进入建筑安全行业的偶然与必然

说起建筑物抗震,大多数人的概念还停留在建筑结构形式、高度、重要等级、荷载大小等方面,其实建筑结构虽是建筑抗震等级的决定因素,但却只能起到基础抗震作用,建筑想要真正抗震,还需要在工程中进行抗震加固。

抗震支架的出现,就是给建筑的机电管道设备安装抗震支撑设施,加固防震抗震性能,它不为大众熟知但却对建筑物防震减震有着巨大作用。说起进入这个行业的缘由,用朱立桥的话来说,既有偶然性又有必然性。

朱立桥是在1998年进入消防安全领域的,汶川地震后对抗震减震的关注和20多年来消防安全的行业经验让他对建筑安全有着非比寻常的敏感。

在一次投标过程中,朱立桥接触到了抗震支架这个新兴行业,立刻产生了浓厚的兴趣。2017年朱立桥在浙江诸暨创立了浙江航鑫支吊架有限公司,全身心地投入到抗震支架事业中去。

关于Logo"航支鑫"的内涵,朱立桥这样解释:"因为抗震支架都是用铁做的,我们觉得可以用三个金来代替铁,希望能通过'航支鑫'这个名称,将这份事业做得更加坚实、长远。"

正是因为从一开始就将这份事业作为一生的追求去做,朱立桥对产品和服务的研究非常深入,富于前瞻性。

不断创新,做行业的引领者

抗震支架在我国是个新兴行业,朱立桥发现无论是产品还是服务,抗震支架行业都大有可为。

抗震支架中最重要的部件是锚栓,为了提高锚栓的性能,朱立桥带领研发团队日夜钻研,从破坏性试验等各方面不断进行完善,研发出了一款牢度、强度都符合检测标准要求的新型抗震支架专用锚栓。

紧随其后,朱立桥又为抗震支架增加微测感应功能,也就是让抗震支架成为建筑物内的地震报警器。

不同于普通的产品生产和销售,抗震支架进入工地后,要配合建筑施工提供一系列的服务以达到相关部门的验收标准。朱立桥在全国范围内首创了抗震支架的装配式进场模式:抗震支架通过工厂化生产后,直达现场安装使用。这样做不仅简化了现场装配的许多繁琐环节,也令产品的质量得到保障。

实践出真知。抗震支架的生产和装配需要更多工地上的装配经验,为了积累更多的经验,朱立桥不断深入各处现场积累实践经验,一点一滴地提高队伍的专业能力。

"印象最深的是,当时正逢国家对建筑抗震支吊架的使用出台最新相关法规,在我们诸暨,刚好有4个项目面临停工整改难题。施工单位辗转找到我想寻求合作。"

城市管廊抗震方案

4个项目同时开工,这对朱立桥来说无疑是一项艰巨的挑战,但挑战即机遇,朱立桥毫不犹豫地接过了这项任务。

他说:"同时开展4个项目的情况非常少见,许多兄弟单位都想来了解和学习,于是我便借着这个契机,邀请行业内的专家一起探讨未来发展趋势。众人拾柴火焰高,我相信在大家的共同努力下,一定能把行业发展推向新高度。"

一分耕耘一分收获。优异的产品质量和高效的服务,让"航支鑫"品牌迅速打响,万科、绿城、融创、中梁、德信、新城、城投、旭辉、融信等各大房企纷纷给予认可。

短短四年间,朱立桥已从一个行业新手变成了行业的变革者和引领者。

数字智造,行业创新永无止境

近年来,随着科技发展的日新月异,大数据、云技术、物联网、人工智能等新事物对工业行业的冲击愈来愈大。朱立桥坚信:抗震支架行业有着广阔的前景等待自己去拓荒。

在科技风潮下,朱立桥确信科技是第一生产力,他不仅将先进的互联网技术引入企业生产,还涉足了全新领域。

在前不久召开的杭州消防展上,朱立桥与合作伙伴携手,发布了包括抗震支架"装配帮"App在内的多款高科技产品。

"抗震支架装配帮App的研发上线,核心目的就是要让安装变得更简单。很多建设单位需要抗震支吊架时,却没有好的生产厂家可以对接需求,这就需要建设单位花费很大的时间和精力寻找符合要求的厂家。"

"另一方面,许多生产厂家库存堆积,苦于无处开拓销路。鉴于此,我们对外发布了抗震支架装配帮App等科技产品,它很好地解决了客户和生产厂家之间信息不对称的问题。"朱立桥侃侃而谈。

这是一款什么样的黑科技产品?朱立桥立马解释道:"抗震支架装配帮App分设了'采购商'、'生产厂家'、'装配工'和'设计师'四种角色,每个角色逻辑顺畅、操作简便,实现了抗震支架支架设计、购买、装配的一条龙服务,简化了之前烦琐的交易流程,让有需求的人能更精准地找到服务者,让有能力的服务者更精准地找到自己的业务,节省人力、物力、财力和时间。"

据悉,该抗震支架装配帮App内含商城系统,打通线上线下各渠道,所有人都可以在这里购买自己需要的产品,让消费者买得放心,用得安心。

"从事抗震支架生产和装配服务,既能让我发挥所长,又能对社会有所贡献,未来我将一如既往地壮大和发展这项事业,从产品创新到服务更新,引领行业走上高质量发展之路。"朱立桥斩钉截铁地说。

奋楫扬帆风正劲,勇立潮头逐浪高。凭借着对行业的热爱和为祖国做贡献的赤子之心,朱立桥披荆斩棘攀新高,航支鑫已成为抗震支架领域不可忽视的中坚力量。

高质量发展之路

匠心注家具，爱心赢未来

斯录华 浙江斯宅家具制造有限公司董事长；浙江省浙商女杰企业发展联合会执行会长；浙江省第十二届"浙商女杰"；浙江省杭州市政协委员；浙江省杭州市行风监督员。

斯录华

走进西施故里——诸暨市的浙江斯宅家具制造有限公司,墙面上"深山有佳木,班门出精品"的企业宣传标语尤为引人注目。斯宅家具用料、用工极其讲究,坚持真材实料,坚持精工细作,让同行难以望其项背,这既是传统工艺的珍稀所在,更是公司掌门人斯录华30年如一日物我两忘的匠心倾注。

斯宅家具全景

苦难中开花

出生在浙江诸暨农村的斯录华,很小就显现了她的商业才华。她的父母是憨厚老实的庄稼人,由于家庭负担重,斯录华早早接过生活的担子,用稚嫩的肩膀挑起了家里的一头重担。

12岁时,斯录华家里开了一间家庭作坊,做的是豆腐生意。每天凌晨3点,斯录华就要起来磨豆腐。天刚蒙蒙亮,她便挑着豆腐走街串巷,卖完了才能去上学。

为了不耽误学习,斯录华琢磨出一个理儿:诚信服务。斯录华暗下决心:豆腐是论斤两卖的,自己可要沥干了水分足斤足两交付给人家。斤两足,生意好,豆腐总是一销而空,来晚了就买不到豆腐,斯录华还会善意提醒:"提前说一声,第二天我会把豆腐送到你家。"一来二去,人们都喜欢买她家的豆腐。

在商业模式并不发达的上世纪七八十年代,靠山吃山靠水吃水是脱贫致富最直接的办法。卖豆腐的同时,斯录华还做起了其他买卖,样样都很成功。

斯录华做过竹篾匠,劈砍缠绕,不在话下。夏天,她顶着炎炎烈日,骑着自行车卖冰棍。秋天,板栗成熟她捡了板栗去卖,换了钱再买来水果、水产、猪油、茶叶等利润更高的商品接着卖,一年下来赚到不少钱,成了当地名副其实的"万元户"。

渐渐地,斯录华成了家里的顶梁柱。17岁的时候,她积累了一笔资金,买了一台缝纫机,开了一间服装店做起服装代加工买卖。"打工只是暂时的,自己办厂做生意才是正道。"她心里有更远大的志向。

这以后,虽然历经诸多波折,斯录华创业的脚步始终不曾停歇。1992年,她创办了斯宅家具厂。

产品展示1

她说:"我们从来不搞上门推销,产品好,大家自然会来买。用得好了,客户还会推荐给别人,金杯银杯不如大家的口碑,传开了,买的人也就多了。我的口号30年如一日,东西坏了赔,比如椅子坏一把赔十把。"

有一次,客户订了十多张桌子,师傅们连夜赶货,快完工时,斯录华发现桌子没有榫卯影响产品质量。她二话不说,当场就把那些产品毁掉,目的就是让厂里所有员工吸取教训今后不再发生类似事件。

"诚"字重千斤,斯录华把"诚"看得很重。诚如斯宅家具宣传语所言,得天地之灵气,传后世之佳作,好产品是用来传承的。

逆境中奋发

创业路上,有荆棘,也有鲜花,正是这样,才使得企业家的生活更具传奇色彩。一路走来,"危"与"机"像一对孪生兄弟,时刻鞭策着斯录华前行。

2010年,斯录华去银行取了12万元现金,等回到厂里却发现钱被偷了。当时厂里资金非常短缺,这可是两个集装箱的货款,但她心疼的不是钱,而是员工们的辛苦,他们昼夜操劳,大夏天里汗流浃背才用劳力换来如此成果。斯录华静下心来,什么都没说,把这事藏在心里,直到近两年才说出来。

祸不单行。同年斯录华的烘干房着了火,把产品烧得一干二净,损失惨重,但她依然没有被困难击垮。

困难面前,她从不服输。她相信只要有诚信,没有做不好的事。10年间,她付掉的利息有6000多万元,从来不失信一分钱。因为坚守诚信,斯录华已成了一张行走的金名片,大家都充分信任她。

每当顾客来厂里看中一套家具,斯录华并不急于让对方下单,而是建议他带着家人一道来看看实样。她说:"买家具不像买衣服,衣服买了不好柜子里一塞,谁也看不到。家具可是摆放在厅堂里的,一进门谁都能看到。大家喜欢才是真的物有所值。像放置羊绒、羊毛衫、字画等的樟木箱子、子孙桶等,都是独一无二的,东西放进去不会被虫蛀,这些可以传家的家具我们都是精雕细琢,保障品质的。"

产品展示2

传承的子孙桶、樟木箱子等

如今,斯宅家具已发展成为一家集设计、生产、销售和服务于一体的专业化家居企业,涵盖红木系列家具、各类中高档办公家具、实木家具、宾馆酒店家具、藤制家具等,产品系列包括仿古明清家具系列、轻奢系列、小美简欧风格等。

斯宅家具先后获评浙江省林业农业规模企业、浙江省诚信企业、浙江省林业龙头企业等称号,"斯宅"商标更被评定为浙江省著名商标和浙江名牌产品。

付出中升华

巾帼不让须眉,斯录华在引领企业高质量发展的同时,不忘投身公益慈善事业。

她逢年过节都会去敬老院、福利院等地方,给需要帮助的人提供帮助,发红包并送上鸡鸭鱼肉等食品,以及家具、衣服、棉被等用品。她还倡导成立了困难捐助基金会,每年都给予贫困户一些捐助。

2020年,新冠肺炎疫情爆发,她跟浙商女杰的姐妹们一起,第一时间组建了医用物资采购小组捐款捐物。这两年,大大小小的活动统计下来,斯录华已累计向社会捐献了几十万元。浙商女杰企业发展联合会特此作出表彰,授予她"公益爱心大使"称号。

创业创新路上,30年风风雨雨走来,斯录华也会身心疲惫,可她坚信:人是有福报的,会有苦尽甘来的日子。也正因为深信不疑,以孝为先,心地善良的她遇到了田田集团出厂的野生蜂蜜产品,她说:"接下去就想把自己的身体调养好,把健康理念分享给大家。"

如今,正值斯宅家具创办30周年,斯录华一路前行,一路撒播阳光,既收获了事业的蒸蒸日上,更践行了"奉献"的人生理念。

高质量发展之路

人间烟火味，最抚凡人心

杨姣英　浙江杨大妈农副产品配送有限公司董事长；浙江省浙商研究会副会长；浙商女杰；2016—2019年度先进个人。

杨姣英

浙江是中国革命红船的起航地，是改革开放的先行地。在这片创业创新的热土上，浙商儿女们勇立潮头、劈波斩浪，用热血挥洒青春，把创业不息、奋斗不止的故事写在了之江大地上。

巾帼不让须眉，从这群浙商儿女中，就走出这么一朵铿锵玫瑰，她左手事业，右手慈善，风风雨雨四十余载，硬是将一个小摊位经营壮大成上亿规模的公司，她就是杨姣英。

杨大妈农副现送厂区鸟瞰图

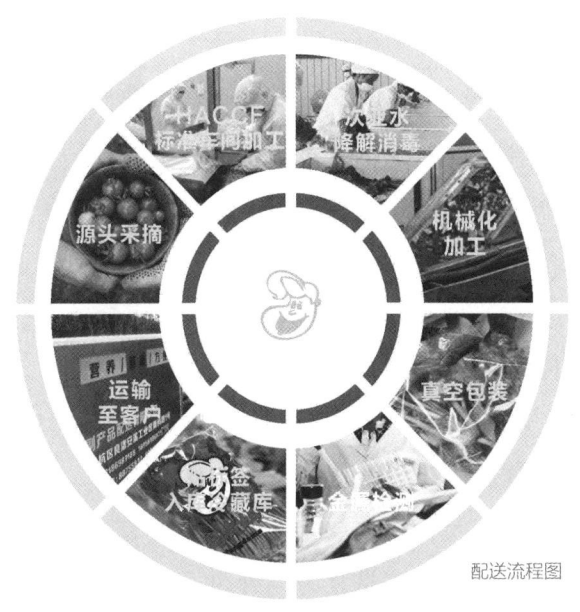

配送流程图

疫情之下,春风送暖

2020年庚子开春,受新冠疫情影响,市民们居家守宅、足不出户。民以食为天,他们的伙食哪里来?为防止蔬菜、猪肉市场供应短缺,"杨大妈"一刻不停地奔波在配送岗位上。

她克服春节期间员工上班人数少、原材料价格波动大、交通运输条件受限等情况,不计成本,千方百计做好农贸市场稳供保价工作。

杨姣英说:"越是困难时期,越要顶住压力迎难而上,哪怕不眠不休也要做好食品配送。"杨大妈言出必行,事必躬亲,她每天起早贪黑超负荷工作,只为保障民生菜篮子不断档不空档。

除此之外,杨姣英还给政府、医院、监狱等单位配送食品。在完成订单量的同时,杨大妈还积极投身公益事业,为浙一医院的白衣天使及老年福利中心的孤寡老人送去物资，带去温暖。

杨姣英说："医护人员舍小家为大家，奋战在前线，保障他们有热菜热饭吃，是我力所能及的事。孤寡老人生活困难，特殊时期更需要关怀和照顾，我感同身受。我奋斗到今天，取得了一些成绩，理应回馈社会。"

"尽管疫情期间公司经营压力大，但不管面临怎样的困难，我们一不拖欠员工工资，二坚决履行合同要求。对员工、客户百分百诚信，这是我为人处事遵循的原则。"

这是一家怎样的公司？又有着怎样傲人的成绩？"杨大妈"专做农产品种植、肉类分割、净菜加工、农产品冷链配送等领域。据悉，"杨大妈"的猪肉配送量已占据浙江省配送总量第一，稳居"双汇集团"全国猪肉总销量第三名，是"双汇集团"十大优秀经销商之一。

2020年，杨姣英位于杭州市文二街农贸市场内的经销店荣获首批省级"放心肉"示范店称号。久而久之，杨姣英家的猪肉已成了"高品质、价格实惠"的代名词。

生日收到浙商女杰协会的玫瑰花

一路前行，一路拾获阳光

70多岁，对一般老人来说已是含饴弄孙、颐养天年的年纪，但杨姣英依然冲在农副产品加工、存储、销售、配送第一线。不仅如此，她还热衷社会组织和公益活动，她头衔多且个个有来头，浙商研究会副会长、浙商女杰执行会长，等等。杨姣英是第十二届"浙商女杰·行业领军"典范，最近的一次生日宴会上，她收到了来自浙商女杰联合会送来的一大捧火红玫瑰。杨姣英说："我们身处社会，思考的边界，行走的边界，社会角色的边界，一开始都是一个无。从无到有又是一个欣喜的过程，人生总是一路前行，一路拾获阳光。"

这些年来，杨姣英公司获得的荣誉牌匾挂满了整整一堵墙，她最看重的是浙江省AAA级"守合同重信用"企业的牌子，这是政府的褒奖，四十多年的诚信经营，客户看得见、市场看得见、政府看得见。

这份荣誉来之不易，同期上榜的浙商女杰企业仅5家，而杨姣英的公司就是其中一家。她说："我倍感珍惜，同时也为姐妹公司送上祝福，祝福她们来年再创新高。"

生活中，就有这么一群义结金兰的女企业家，忙时各忙各的，一有事情准聚在一起共进退，个个都愿意做别人的暖阳。

2020年8月，省市场监管部门提出"结对扶贫"主题计划，浙商女杰们慷慨解囊，短短一两天时间就筹集到上百万善款。这些款项分别用于援建红色文化研习基地、筹备浙商女杰助学奖学金以及储备紧急救灾。

杨姣英说："社会给予我们温暖，我们更要力所能及回馈社会。"

创新模式，数字信息化管理

2020年，杨姣英公司的原料采购、仓储、配送、售后服务等流程基本采用了信息化管理模式，同时自建农场产量也在逐步增加。2019年以来，杨姣英公司在智能化投入方面花了不

配送车

少功夫，采购了不少信息化、自动化设备，保障原料检测、产品分装、冷鲜仓储、冷链配送等环节更智能环保。

"农副产品配送看起来是个传统活儿，但现在是信息社会，杭州又是互联网之都，我们要紧跟时代步伐，在大数据方面强化配置，节约经营成本，提高生产效率，将疫情带来的损失降到最低。"谈起未来的发展，杨姣英自信满满。

我们期冀杨姣英在农副产品生产、配送等领域再攀新高，为杭州民生菜篮子工程做出更大贡献。

杨姣英在颁奖典礼上

奔跑在赋能"双碳"的赛道上

方海祥 浙江季明环境科技有限公司总经理;中国城市环境卫生协会村镇垃圾治理专业委员会委员。

方海祥

20世纪80年代,杭州萧山小伙儿方海祥从部队退伍返乡后,来到乡政府当起了司机。遥想当年,司机可是被人艳羡的"离地三尺,高人一等"的职业。

在政府机关上班,又从事专业对口的工作,彼时,年轻的方海祥可谓春风得意马蹄疾。但好男儿志在四方,血气方刚的他并不满足于安稳的生活,他立志要闯出一番更宽广的天地。

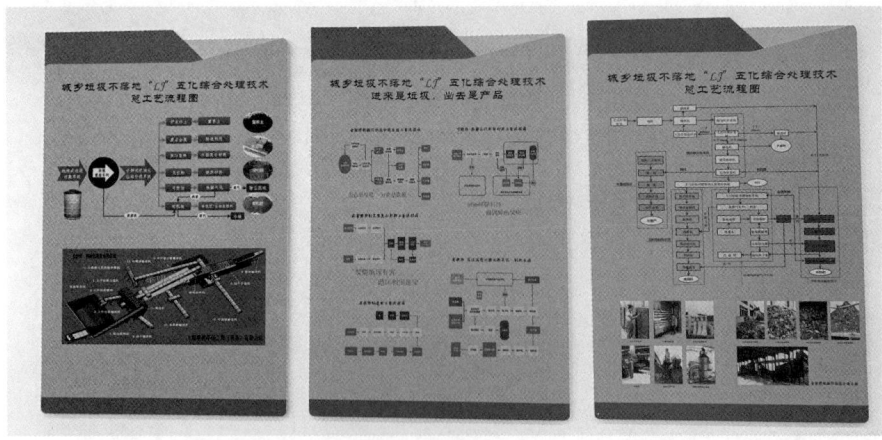

工艺流程图

20世纪90年代初,社会掀起下海大潮,在乡政府干得不错的方海祥也学吃"螃蟹"下海了。他想:万事开头难,既然选择了前行的方向,那就要拥有自己的赛道,跑出实实在在的佳绩。

方海祥不辞辛劳,带领团队,从承包市政工程的辛苦活开始做起,几乎每天起早贪黑,没日没夜地"泡"在工地上。

"我们当时考虑最多的是怎样把项目做好,积累经验和资本。"每当方海祥回想起刚下海那段岁月,总是感慨万千,"那时候真有激情,干起活来吃饭睡觉都顾不上。"

干活认真、点子多,能看准市场,开拓新领域。这是熟悉方海祥的人对他共同的评价。

与环保事业结下不解之缘

方海祥如鱼得水,在市政和房地产领域干得风生水起,然而,有胆识、敢尝试的他并没有就此止步不前,而是萌发了新的追求。

方海祥发现,随着社会经济的发展,人们的生活水平提高了,衣食住行等基本需求都已得到满足,但大环境下因多年粗放式的发展,生活的环境却变差了。河流污染严重,空气越来越污浊,城市人口密度越来越大,生活垃圾、废旧有害垃圾也越来越多,垃圾围城这一现象成了很多城市急需解决的问题。

治理垃圾不能光做表面文章,而是要抱定"不破楼兰终不还"的坚定信念,打一场旷日持久战。正因如此,仅有政府力量远远不够,还需要市场参与。敏锐的方海祥察觉到垃圾处理需求巨大,权衡之下,他毅然投入这一领域,开始研究探索如何处理垃圾,如何变废为宝。

"我有一个心愿,希望自己能为城市的美丽建设做出力所能及的贡

浙江季明环境科技有限公司代表签约

献。"方海祥谦逊地说。正是这个心愿，催生了一家专注于垃圾处理的浙江季明环境科技有限公司。

季明公司的诞生，也再次印证了方海祥点子多、洞察和接受新事物的性格特征。其实，对于从业市政工程的方海祥而言，环境保护这一领域全然陌生，自己要将多年积累的资本投入于此，风险可想而知，做企业仅仅讲情怀是不够的，如果不能产生经济效益，社会效益也无法持续。

狭路相逢勇者胜。在军人出身的方海祥的词典里，没有"退缩"二字。遇到难题，想方设法去解决，自己业务不精通，虚心向人请教，真诚与人合作。方海祥在与上海季明环保工程有限公司的一次次会谈与协商后，终于达成合作意向。不仅获得了对方的技术授权，还允许使用对方的字号注册浙江季明环境科技有限公司，借助对方已经建立起来的品牌效应开拓浙江市场。

浙江季明环境科技有限公司的成立，标志着方海祥正式进军环保领域，从此方海祥就与环保结下了不解之缘。按照他自己的说法，下半辈子注定与环保事业相依相伴了。

"与上海季明携手，实现了企业之间的优势互补，建立了平台共享、互利共赢的合作关系。"方海祥介绍说，上海季明拥有与生活垃圾处理相关的国家专利技术28项，包括零污染收集运输系统，机械化、全封闭自动分选系统，有机物、渗滤液高温高压催化降解制肥系统，无机物制建材系统，废旧塑料制木塑制品系统，可燃物热解气化热能利用系统，废气处理系统，陈腐垃圾处理系统，可回收物回收系统等，可以实现城乡各种垃圾当日零污染、零排放收集，当日无害化处理，当日资源化出产品。公司实行城乡垃圾不落地'ＬＪ'五化处理技术，即：快速化、无害化、无剩余化、资源循环利用化、产业化。

近年来，季明公司的生活垃圾处理模式及其多项专利技术已在山西、云南、广西、内蒙古、贵州、辽宁、深圳等省（区）市落地、运营。"垃圾处理+生态农业+精准扶贫"模式，既解决了"垃圾围城"问题，保护和治理了环境，又通过延伸打造生态农业，带动了循环经济的健康发展。

再攀高峰出新品

一款外形如同黑匣子的物体，输油管从它的中间通过，便可节油15%～25%左右。2021年上半年，方海祥与他的团队将国家重大科研成果转化为应用，成功研发出石墨烯超材料量子节能减排系统，俗称"节油器"。

"利用量子微粒子，通过磁力线精密裂解，把燃油的大分子团裂解成小分子团或小分子，进而产出磁化油在气缸内得到充分燃烧，增强

荣获 AAA 级信用单位

发动机动力,从而达到大幅度节省油耗的效果。"顾名思义,石墨烯超材料和量子是构成这一产品的"硬核"成分。

介绍起公司开发的用于燃油机车的节能减排产品,方海祥如数家珍:"磁化油进入机车气缸内能清除积碳,保护发动机,使其运转更平稳,延长发动机使用寿命,减少机车有害气体排放。"

新品一上市就获得了客户的青睐,其中,一位外省的加盟商算了一笔经济账,一辆常年跑运输的货车,装上"节油器"后,全年可省下 3 万～6 万元的油钱。

"第一炮已经打响,接下来我们会根据客户的使用反馈,不断加以提升改进。"对于产品的未来,方海祥信心满满。

世间充满奇妙,人与人之间、人与事业之间,总有一些难以言说的情愫相牵,方海祥和他的环保梦就有这么一种缘分。从初见倾心到矢志不渝,再到长足发展,方海祥的环保愿景将一个个实现。

绿水青山就是金山银山,绿色低碳、节能环保,无疑是经济社会可持续发展的强劲支撑。而有了千千万万像方海祥这样守正创新、甘于奉献的环保企业家,"碳中和""碳达峰"的高质量发展之路将会行稳致远。

高质量发展之路

微播,宅生活里的新经济

黄新定 杭州征海物资有限公司总经理;杭州赋美智能科技有限公司总经理;杭州市诸暨商会理事;杭州市市服务业联合会理事。

黄新定

随着互联网渗透率的提升以及宅经济的快速发展,外卖在国民消费中的占比迅速提高,已成为时下都市生活不可或缺的部分。手指点点,美食到眼前,方便快捷、省时省力,为工作繁忙压力大的都市人解决了吃饭问题。

赋美团队

尽管外卖行业飞速发展，但外卖商家却"苦不堪言"，高昂的房租水电、人工成本以及平台高额抽成等，让店里的运营压力与日俱增。

小荷才露尖尖角

在杭城，有这么一家外卖点餐平台，虽然成立时间不长，但平台抽成少、准时送达率高，且餐品新鲜口感好，正赢得越来越多的商户和消费者认可。这就是杭州赋美智能科技有限公司运营的外卖SaaS微播平台。

谈论到平台的缘起，老总黄新定的话匣子一下子打开了。"我也是个外卖达人，平时工作忙，大部分时间都靠点外卖解决吃饭问题，但是外卖小哥通常多单送达，有时候我这一单按照他的送餐路线可能排最后了，那送到后的口感可就两样了。"

"外卖小哥送餐不易，我也不会给他差评，那时我就在想，能不能有个私域流量的平台，专门以消费者为中心，满足他们一些特定的需求，比如餐品特色、口感要求、送达时效等。"

"后来机缘巧合，就投资成立了'赋美'公司，成了外卖SaaS微播平台的杭州运营商。虽然这个领域已经是资本巨头的天下，但我们'赋美'专注消费者需求，做小而美的平台，不求大但求精。这也可以说是我成立这个公司打造这个平台的初衷吧。"

从实体经济到数据为王

1991年，土生土长的浙江诸暨人黄新定前往杭州发展，先是在一家厂里做会计，工作稳定收入却不高，月工资只有360元。用他自己

交流经验

的话说，经常是入不敷出。

干了两年，黄新定辞职了。他来到一家新公司，锚定方向做销售，售卖"神州"热水器。工作很辛苦，经常出差，他一心想着趁着销售提成高，得赶快积攒一笔钱，有朝一日自己创业。

1994年，黄新定在华东家电市场租了40多平方米的门面房，招了4个营业员，专门销售热水器等小家电。生意很红火，1998年的时候，店面已经扩充到200多平方米，销售品类也从热水器增加到厨房、卫浴件等。

进入21世纪后，黄新定又进军钢材批发市场，成立了征海物资公司。在批发销售行业一直做得有声有色的黄新定怎么会进入信息服务业呢？

"虽然我是从批发零售做起的，和现在做平台似乎有点不搭界，但其实销售是相通的，都是让货品更好地送达客户和消费者手中。我以前做批发零售，就是要薄

荣获CNISA全球榜验证证书
AAA信用企业

利多销，同时保质保量，提升客户体验；现在我做外卖点餐平台，也是一个道理，对商户，我抽成只有 5 个点，降低他们的成本，对消费者，我尽心服务他们的需求，让美食最快最好地送到消费者眼前，提升他们的餐饮体验，为繁忙的都市人减轻生活疲惫。"

做销售做代理和做外卖平台，乍一看风马牛不相及，但是细想黄新定的话，的确都是一个理，都是作为中间渠道，一端连着供应商，一端连着消费者，两端都要服务好，才能实现多赢。

下定决心做一件事就一定要竭尽全力做到最好，这是黄新定做人做事的宗旨。做外卖 SaaS 微播平台，黄新定想了很久。当时外卖平台市场竞争格局已经基本明朗，资本巨头切入市场早，资金量巨大，资源众多，作为后来者的 SaaS 微播平台进入这个市场困难重重。周围的人也并不看好这个生意。但是黄新定通过多方调研，还是决定加入。

"外卖点餐平台有赢者通吃的属性，但是中国的外卖市场是极其巨大的，市场的需求也是多元化的，只要沉下心来，本着以消费者为中心的理念，一定会找到属于自己的市场空间。"

经过对市场的调研和深入的思考，黄新定和他的赋美科技将解决客户痛点作为公司的出发点和落脚点，制定了以用户为中心，建立信任关系的精细化平台运营战略。对餐饮店而言，目前大平台抽取佣金比例高，普遍要达到 20%，商户营销成本高，且无自主性，无法提高客户黏性，在和平台的博弈中完全处于被动一方。竞价烧钱模式又让小商户苦不堪言，不排名，根本无法获得流量；排名，则会付出很高的成本，也没有办法和大商户竞争。市场的需求就是商业机会。敏锐的黄新定再一次展示了他过人的商业敏感性和把握机会的能力。从发现市场痛点切入外卖点餐市场，以微播运营为载体，全方位进军外卖平台市场。

通过微信强大的引流能力，以及对小商户小预算、低成本、操作简单的针对性服务，抽佣率只有5%的微播运用短短几年，市场占有率显著提高。

同时，赋美科技还为服务商提供九大扶持计划，从产品支持、培训支持、销售工具、资源支持、推广支持、物料支持、技术支持、售后服务、技术保障等方面全面助力服务商。目前，微播的外卖系统、商户收银系统、优惠券系统、积分系统、储值系统等子系统都已经完善，可为客户提供全方位线上服务。

微播平台的未来蕴含无限可能

赋美智能科技成立刚刚两年多，就已经凭借自己独特的运营模式、对客户实实在在的让利和对消费者切切实实的关注，赢得了商户和消费者的信任。公司先后获得浙江省行业创新创优示范单位、2021—2022年大美无度品牌价值发布"AAA信用企业"。

2020年延续至今的疫情使得外卖市场发展更快，越来越多的餐饮店、烘焙店、生鲜店甚至便利店、花店都开启了线上配送的销售模式，赋美公司迎来了更好的发展机遇和发展空间。

"我们始终专注私域流量的引入和维护，只要在我们平台上点过餐，就是我们的老客户，我们平台会根据消费者的点餐特点为他提供个性化的定制推荐和配送服务，以后我们要朝着客户餐饮管理和健康管理的方向去发展。"

"目前外卖点餐让人诟病的地方还不少，比如食材不新鲜、食用油和调味品有可能存在质次价高甚至过期等问题，我们要做的就是通过平台解决这些问题。"

怎么解决？黄新定接下来打算开通阳光厨房功能，就是让消费端能看到所点餐品的生产加工过程，所有食材和操作都要阳光化。另外，他们还会开启直播功能，让餐饮店大厨直播做菜过程，让感兴趣的消费者知道菜是怎么出炉的。

"点餐看直播，或许能成为一种有趣的生活方式。"说起未来 SaaS 微播的发展，黄新定想法颇多。

优秀是因，成功是果。眼光独特的创业者总是会独辟蹊径找到属于自己的创业路。创业成功的关键就是发现痛点，找到需求，然后专心去做，百折不挠。

高质量发展之路

匠心酝酿,一坛好酒醉香百年

沈士良 杭州同福永酿酒有限公司总经理;优秀共产党员;浙江省浙商研究会理事;杭州市酒类流通行业协会副会长;临平工匠;2019年度公益奉献爱心人士。

沈士良

京杭大运河北起北京南至杭州，蜿蜒千里，它的修建开通繁荣了市场经济，丰富了文化底蕴。

运河兴则城市兴。在大运河南端，有一座因运河而兴的古城镇，名曰塘栖。塘栖古镇上有一家已有130余年历史的"同福永"酒厂，说起酒厂的酿造史，可以追溯到清末光绪年间。

同福永新址

同福永的前世今生

无处不在的水、悠长的弄、特色的老宅，仿佛都在诉说着塘栖曾经的喧嚣与繁华。而当地老人们聊起塘栖的特色时会说，塘栖能说道的东西很多，但真正称得上传承的，还是同福永。

清末民初，在浙北及苏南一带，酱园一般都兼营酒业。1890年（清光绪十六年），夏甫卿在塘栖西石塘街创办了"同福酱园"，亦唤作"夏同福酱园"，生意极好，一度见证了塘栖镇的辉煌。

1896年（光绪二十二年），夏氏将夏同福酱园卖给汪道生家，牌匾换成了"汪同福生记"，此后生意兴隆，红红火火了好些年。

谈论起同福永的历史，沈士良娓娓道来："同福永几经易主，老底子的醇香却始终未变，它的品牌发展史最主要的节点在1956年，当时同福永与塘栖仲嘉顺、源新、郭源茂等酿造厂合并，改为地方国营塘栖酿造厂。"

"酒厂最好的时候，职工人数达490人，产品有黄酒、白酒、果露酒、药补酒、啤酒等5大类40余种，年产量15488吨，年产值1068万元，所产清宫御酒、状元红、竹叶青、蚂蚁酒、双参礼酒等，在市场上十分畅销。"说起同福永的前世今生，沈士良神采飞扬，"塘栖酒厂用的大米是从我这里进的，这款大米也是百年老字号，叫'广泰丰'，品牌创始于1918年。"

20世纪末，酒厂生意滑坡，产品出现滞销，沈士良了解了同福永背后的故事，感受到了文化的魅力和老字号的商业价值，于2007年接手酒厂并申报了老字号。

老字号评审专家来实地考察后，发现厂区内那一排排具有百余年历史的大缸、一排排像金字塔一样的竹编缸罩、一百余年没迁过址的生产厂区，不由啧啧称奇。一百余年没动过地方的老字号，这在浙江全省都少见。2011年，同福永正式被浙江省商务厅认定为"浙江老字号"。

工艺创新，于吴越之地酿好酒

一直以来，同福永以酿制黄酒、白酒为主。在沈士良的构想中，主打黄酒兼营白酒的格局很难在杭州以外的地方立足，但好在有宝剑傍身，"浙江老字号"这块金字招牌，给了同福永十足的底气。

受困于浙江区域的白酒市场一直为外地品牌所占据，沈士良决定从白酒打开局面，但要把白酒推向强手如林的市场，却是一个严峻的考验。

纵观浙江区域，黄酒品牌多白酒品牌少，这是人们的共识，很多人甚至以为浙江人是不喝白酒的，浙江也没有什么好的白酒品牌。沈士良却不这么认为，他觉得浙江是有能力做出白酒的，而且也终将会做出属于自己的高端白酒。

酒窖

要赢得市场，关键靠质量。酒这种产品，质量好不好，一喝就知道。沈士良做白酒有一个特别优势，十几年来米业经营的经验让他所获颇丰。他对制酒所用的荞麦、高粱、糯米、小麦、粳稻等谷物的原料供应、品质情况了如指掌，这为白酒的酿造奠定了基础。

酒坛

大缸

沈士良请来精通白酒酿造工艺的老师傅耐心研磨，在保证酿造工艺古法传承的基础上，融入现代工艺匠心打磨，提升白酒品质，研制出了原酿珍藏白酒。

塘栖的老百姓亲切地称它为"塘茅"（寓意塘栖茅台），每逢宴请便以"塘茅"助兴。一来二去，酒香飘出了万里……眼下，53度、43度和36度的同福永红瓶白酒已走出杭州，行销华东地区。沈士良说："只有手工纯酿的老手艺，才能让同福永的美味百年传承。"

多元发展，时代芳华不落幕

百年老厂几易其手，却从未中断经营，可见同福永在品牌积淀上的造诣很深。

同福永非常注重品牌文化建设，一直致力于挖掘历史文化底蕴，弘扬酒文化，传承酒文化。

2015年10月，同福永因扩产需要搬到新厂区，地处塘栖镇西河村。新建的酒厂内置几十个窖池，主要用于酱香白酒酿造。同福永用水极其讲究，使用千岛湖水酿酒，从源头保证酒的香醇。

"同福永在塘栖水北街原址，有望开辟成一个酒文化展示馆，实景再现同福永的百年传承。"沈士良补充道。现代建筑钢筋水泥、玻璃幕墙，在现代楼宇里寻味百年老街特色，犹如历史飞奔而来，别有滋味上心头。

2016年，二十国集团领导人齐聚杭州开办峰会，同福永品牌必然不会缺席。峰会筹备工作领导小组向同福永公司颁发了《G20感谢状》，嘉奖同福永在大会中展示出了风采，展示出了能力，展示出了特色，更展现了实业报国的理想、回报社会的情怀和担当。"有了这份情怀和担当，相信我们的企业会走得更远，发展得更好。"沈士良信心满满。

近几年，同福永不断开疆拓土，拓宽领域。沈士良承包了酒厂附近一百多亩枇杷地，园内枇杷树全部采用生态种植，从种植、采摘到酿酒，做足枇杷酒全产业链，繁荣了地方果园经济。

酿制的枇杷果酒甘甜馥郁，润肺去燥，是一种不可多得的养生果酒。随着枇杷酒的成功研制，梅酒、桃花笙记等果酒相继上市，火热销爆京东商城等电商平台，正逐渐成为"网红"酒。

历史传承的背后是不断发展。同福永将酒业融入旅游，进行业态整合，将品味独特的各种果酒和古法酿制酒融入农业休闲旅游服务，让人们在体验生态农业的同时也能感受到老底子的味道。

展望未来，海阔凭鱼跃

果酒系列是同福永目前重点开发的项目，其制作工艺还让这家老字号企业获得了一张现代化的"新名片"——浙江智造精品企业。沈士良本人也对果酒产品寄予了很大希望："至少要在销售份额的占比上，把果酒提升到和黄酒、白酒同等重要的位置。"他表示，果酒还是有比较大的拓展空间的，做得好的话，会很快适宜年轻人的喜好。

"杭州地区果品丰富，只要有足够的精力，足够的研发投入，我们就可以做春酿、夏酿、秋酿、冬酿。像青梅、枇杷、水蜜桃、蜜梨、葡萄、蓝莓，都可以制成果酒。我相信只要经营有道，注重果品品质和风味开发，果酒可以形成一个庞大的产业，很快会成为继白酒、黄酒、啤酒、红酒之后的第五大酒产业。"沈士良内心执着，无比坚定。

对于同福永的将来，沈士良想法颇多，他说："下一步，我们要将同福永品牌打造成与时俱进的浙江酒业标兵。除此之外，万吨酒库着重开发'酒银行'入库项目,让前来买酒的客户不仅能亲眼目睹酿酒过程,还能亲自将酒封坛入窖,自定取酒年限,想什么时候开坛就什么时候开坛。"

悠悠运河水,诉不完古镇千古情,道不完好酒匠心酿。在匠人的匠心研磨下,同福永斩获佳绩:2019年"同福永白酒酿造技艺"被列入余杭区非物质文化遗产名录;2021年,沈士良被授予"临平工匠"称号。这位酿酒大师说,杯杯"甜酒"醉香百年。

三 千帆竞发

凿石现奇玉,淘沙得黄金。大刀阔斧,开疆拓土,在天地间起舞,为世界贡献你的智慧、才华、价值。

高质量发展之路

科创未来,一只鸡蛋里的乾坤

付林会 九米蛋业负责人;聚和鑫(浙江)供应链管理有限公司董事长;杭州会鸣网络科技有限公司总经理;中国蛋链协会副会长;中国农业大学市场经济研究中心理事。

付林会

鸡蛋,是寻常百姓家必不可少的食品。买到好吃又有营养的鸡蛋,对常逛商超、生鲜市场的消费者来说,是一件相当重要、愉悦的事情。

湖北基地俯瞰图

鸡蛋产业链的升级密码

鸡蛋，虽说是居民食品消费中的刚需品，流转快、频次高、接受度广、日均消费量大，但鸡蛋这门生意却并不太赚钱。

中国农业大学农产品市场研究中心的调查数据表明：自2017年至今，全国大多数的中小型蛋鸡养殖场、大多数的鸡蛋批发商处于微利保本状态。

做鸡蛋生意不赚钱，根本原因在于鸡蛋行业缺乏龙头品牌，小散养殖多，流通市场的普通鸡蛋口感一般，产销鸡蛋的附加值不高，甚至存在价格无序竞争等情况，这些都是导致鸡蛋市场虽然庞大，但从事鸡蛋这一行业却利润微薄的因素所在。

整合鸡蛋产业链，从养殖源头抓起，实现全链条质量把控，为消费者的菜篮子提供新鲜好吃又营养的鸡蛋，是摆在鸡蛋从业者面前的一道必答题。

聚和鑫（浙江）供应链董事长付林会说："2020年8月，我们创新了运作模式：以'蛋链'为核心，全力打造'农产品供应链+互联网+金融'三线合一平台。通过建立健全农产品供应链，搭乘互联网快车，运用金融（期货）的方式将鸡蛋进行合理的产销分配。"

"我们的宗旨是：让消费者吃到安全营养、口感好的鸡蛋，让鸡蛋从业者产有所销，让鸡蛋分销商避免因采、销价格波动而蒙受不必要的损失，从而实现多赢。"付林会补充道。

九米，让鸡蛋拥有自己的品牌

理念变革是一切变革的起点。付林会对鸡蛋产业变革的理念源自

鲜香 九米蛋业

中国农业大学经济管理学院马骥教授的"蛋链"概念。

马骥教授认为要整合与鸡蛋产业链相关的资源，将学术研究、种苗、养殖、饲料、兽药、设施设备、市场销售、期货金融环节整合，提高效率、提升附加值、促进产业链协同发展。

付林会以蛋鸡产业链为核心，采用产、检、销全产业链管理运营模式，不断提升鸡蛋产业链的科技含量，以科技赋能传统鸡蛋产销行业，从而成为行业的变革者和重塑者。

"鸡蛋看上去都差不多，消费者去买，仅凭外壳看不出多大区别。我们就想给鸡蛋穿上一件'外衣'，打上它的专属Logo，让消费者一看到'九米'，就知道这是高品质鸡蛋。"付林会说。

以打造蛋链为核心，以打造品牌为目标，付林会希望带领同仁走上一条有别于以往鸡蛋养殖业的道路。这是一条"蛋链"变革之路，也是一条"蛋链"整合之路。

"我们在宁夏固原、四川雅安、湖北浠水、广西百色、河北馆陶、广东清远等地建有蛋鸡产业园。气候适宜、环境良好的养殖基地是出

蛋鸡养殖基地

产一枚好鸡蛋的第一步。"付林会侃侃而谈,"为了保证鸡蛋风味口感和食用安全,我们精选优质玉米、小麦等谷物饲料喂养蛋鸡,拒绝抗生素,拒绝转基因,专选170～380天的青壮母鸡产蛋,以确保蛋品新鲜无腥味。"

据悉,因鸡蛋表面可能携带沙门氏菌和大肠杆菌,聚和鑫(浙江)供应链"基地直采"鸡蛋后,首要工作是对鸡蛋进行一系列杀菌,然后再经过严苛的食品安全检测以确保无农兽药残留。严格筛选出来的鲜鸡蛋,经机器、人工分拣包装后,直供各大商超及生鲜平台。

短短5年,"九米"脱颖而出,且越来越为消费者认可。付林会强调,蛋品"品质"是关键。

"鸡蛋好不好,消费者一吃就知道,要打造口碑过硬的蛋业品牌,无捷径可走。"

"扎扎实实提升蛋品品质,全面管控食品安全、环境安全、生物安全,才能成就品牌与口碑。"

依托大数据稳价保供

2020年至今,疫情起起伏伏。鸡蛋是民生刚需品,保障鸡蛋供应是头等大事。付林会积极响应政府出台的稳价保供政策,克服异地运输难、饲料采购难等问题,依托公司全力打造的蛋链大数据平台,逆势发展,直采量和销发量同比创出新高。

"疫情发生后,我们采取了严格的防护措施,确保养殖基地正常运转。杀菌和检测也更加严格,我们基地的员工实行无事不出基地,过年不回家等措施,以确保基地防疫安全,确保市场供应不断档不空档。"付林会自豪地说。

民生无小事,一枝一叶总关情。2020年,聚合鑫(浙江)供应链鸡蛋日销量高达2万箱。拳头产品九米谷物蛋、九米鹌鹑蛋更是市场上的抢手货。九米谷物蛋个小,蛋清浓稠,煮熟鲜香无腥味,蛋黄天然纯黄,富含更多β胡萝卜素和维生素,深受消费者喜爱。

能在疫情中逆势发展,归根结底依托于蛋链大数据平台。数据库的建立,让每一枚鸡蛋的来龙去脉都得以清晰展现,食品安全检测数据也完整清晰。"九米"的每枚鸡蛋,信息及价格规范化、透明化,为市场"稳价保供"起到了良好的示范作用。

大数据平台一头连着基地供应量,一头连着商超平台销售量,供、销动态实时把控,以防出现市场短缺,哄抬价格等现象。

谈及未来的发展,付林会信心满满:"我们要做大做精国内市场,继续加大与商超及生鲜平台的深度合作,多省份发展。"

小小一枚鸡蛋,托起明天的太阳。农产品"供应链"搭乘"互联网"快车,沐浴着当今这个时代吹起的"金融风",谁说不能成就一番大业呢?对标国外,把"初级"农产品匠心酝酿成"食品级",这正是付林会笃定的追求。

经济寒潮下,生鲜市场里的春天

张根鑫 杭州广瑞食品有限公司总经理;杭州丰锦蔬果专业合作社总经理;浙江省现代农业促进会常务理事;浙江省爱心事业基金会恫·情基金会副会长。

张根鑫

    2020年初,一场突如其来的新冠肺炎疫情扰乱了人们生活的节奏。为响应政府号召,市民们居家守宅、足不出户。往日的车水马龙已不复存在;喧嚣的世界变得寂静无声。

广瑞公司一隅

"开门七件事,柴米油盐酱醋茶",天天宅在家,饭总是要吃的,菜总是要买的,怎么办?

岁月静好,因有人负重前行

随着农产品稳价保供政策的不断出台,肩负"国家有难,匹夫有责"家国情怀的农产品供应商思想好、觉悟高,举一己之力温暖了整座城。大爱无疆,没有一家企业趁机哄抬价格,大发国难财,坐收经济上的渔翁之利。

纵观杭城街头,蔬果生鲜供应从不断档,市民居家生活有了保障,人间烟火味,最抚凡人心。有了充沛的物资,居家的日子便没了青黄不接的恐慌,人们都在和疫情做着无声较量。

安宁祥和的生活背后,是一大群生鲜食品配送行业从业者的默默付出,他们勇敢逆行,不辞辛劳,只为充盈老百姓的米袋子、菜篮子。

张根鑫,就是这群逆行生鲜人中的一员。

2012年,他创办了杭州广瑞食品有限公司,选址余杭区仁和街道双陈村,邻近华东最大的物流基地——杭州农副物流中心。

张根鑫说:"民以食为天,食以安为先。从农田到餐桌,我们做足供应链。为确保大家吃得健康,吃得放心,我们自建蔬菜种植基地3000亩,水产养殖基地100多亩,冷链和常温配送车更是多达30辆,拥有一支具备丰富配送经验的运营管理团队。"

"食品安全和高效送达,是我们老生常谈的话题。广瑞公司自开办以来,最为注重的就是规范化管理。"张根鑫侃侃而谈,"短短几年间,我们就通过了食品安全管理、质量管理、职业健康管理等众多规范化、标准化管理体系,同时为保障食品安全,我们还建有食品安全检测中心,以保障生产配送产品的质量安全。"

品质过硬、服务优质让广瑞脱颖而出,继被指定为G20峰会定点供应商、浙江省高校物资定点配送企业后,2022亚运会也向广瑞伸出了橄榄枝,广瑞再次斩获大会后勤保障单位殊荣。

疫情就是命令,稳价保供是我们的主战场

"老张,马上回杭州,TR188航班已抵达萧山机场,安排入住党校住宿部,第二天食堂就要开门……"

2020年除夕之夜,没来得及看春晚的张根鑫被紧急召回杭州,他的公司被杭州市委党校指定为应急保障单位。

疫情就是命令,张根鑫二话没说,立刻奔赴战场。

"当时困难重重,一是疫情来势汹汹,大家心里多多少少有些担心。二是采购压力大。因疫情影响,物流大宗批发市场大都处在停业或半停业状态,上游生产厂家也未能正常生产,包括物理隔离带来的用工难、用工荒问题,给'采购端'带来的影响非常大。"

"困难那么多,危险那么大,不是不害怕,但责任更重大,这个时候我们广瑞人必须迎难而上,与大家共克时艰!"

广瑞之所以能成

等待执勤的配送车

为指定应急保障单位,来源于张根鑫的坚守,他始终以高标准、严要求来律己,面对困难不服输、不退缩,良好的品格在杭城有口皆碑。

从业近10年,广瑞秉承"做食品,就是做良心"的理念,坚持以客

检测中心

户利益为先,确保食品配送安全、及时。长期合作客户横跨杭州市委党校等政府机关单位、浙江省部队系统、浙江省监狱系统、浙江省医院系统、浙江电力系统、浙江省移动系统等各行业的200余家单位。

"农产品配送企业本来就是365天无休,面对客户需求要第一时间响应,我们这支队伍已经在长期的磨练中总结和积累了一套制度机制,广瑞应对突发事件是有较为成熟和完善的机制的。"

张根鑫这么说是有底气的。2019年第四季度,生猪的短缺导致整个农副产品的供需出现连锁反应,部分肉禽类产品出现100%以上的涨幅,对配送企业冲击巨大,一些原本全品类供应的生鲜企业,不得不临时下架部分商品。

而广瑞成熟的库存储备机制,使得企业在这次猪肉荒中临危不乱,游刃有余,不仅没有下架猪肉类食品,反而圆满地履行了生猪供应合同,赢得了客户的交口称赞。

张根鑫就像千千万万生鲜人的缩影,在这次抗疫之战中交出了完美答卷,注定是勇敢的逆行者。

疫情下，生鲜配送的机遇

疫情虽给很多生鲜配送企业造成巨额损失，但疫情也让生鲜配送走进千家万户。

"以前大家都习惯到菜场买菜。我们广瑞也基本上做的是 B 端的生意，给食堂、餐饮店做配送。但疫情让我们的配送走到了 C 端，和老百姓联系更紧密了。"

疫情是危机，更是商机。敏锐的张根鑫看到了疫情下生鲜配送行业巨大的发展空间。

"生鲜行业是一个无法标准化无法复制的行业，且具备很多传统制造业的特性，如资金密集和劳动密集，所以资本要完全掌控生鲜行业有点难。虽然不少互联网巨头都在生鲜领域投入巨额资金，但是完全掌控生鲜市场的基本没有，这也给了我们这些中小配送企业一些机遇。只要深耕当地，做深做细，我们也有机会。"张根鑫如是说道。

2020 年下半年，广瑞已开始和物业巨头万科集团接触，在 B2B 业务基础上涉水 C 端市场，开展"送菜进小区"的业务，服务更广区域

肉类加工

蔬菜种植场景

干调堆放区

的市民朋友。同时广瑞也将借助自有种养殖基地的优势，打造食材生产、加工配送一体化的供应链，做出广瑞自己的生鲜生产和配送品牌。

据悉，2019年我国第三产业在GDP中的贡献率为59.4%，且比重持续加大，这意味着生鲜配送行业将搭乘消费升级的时代快车，迎来自己的春天。

谈及广瑞未来的发展，张根鑫踌躇满志："疫情影响了整个生鲜配送行业发展的格局，带来了前所未有的新机遇。未来的生鲜行业必将走上智能化、精细化的产供销一体化之路，广瑞有信心稳健发展，和生鲜行业一起走上高质量发展之路。"

高质量发展之路

创新研发，神奇袜品走红世界

赵亦农 浙江越海工贸有限公司总经理；诸暨市旺来针纺有限公司总经理；浙江农林大学暨阳学院中国大唐袜艺学院创业导师。

赵亦农

诸暨大唐拥有全球最完整的袜业产业链，是全球最大的袜子生产基地，袜子产量约占全球的35%，全国的70%。

诸暨大唐袜业兴起于20世纪70年代末，经过多年发展，已形成包括袜业机械制造到各种原料生产，再到袜子生产、染整、定型、包

和客户交流

装、营销、物流等于一体的全产业链集群，涵盖了约 1000 多家原料生产厂，400 多家原料经销商，6000 多家袜子生产厂，2000 多家袜子经销商，100 多家联托运服务企业等。

旺来针纺所在的大唐街道，被誉为"中国袜业之都"，换句话说，全球每三双袜子，就有一双来自大唐。从模仿到创新，从最低不到一毛钱的利润到现在拥有 1100 亿元区域品牌价值的袜艺小镇，这一切都是靠转型"转"出来的。

"大唐袜机响，天下一双袜"，这句话不仅道出了大唐袜业的"江湖地位"，更是牵连着当地产业链集群的生计，照亮了他们的前路，温暖着他们的生活。

玩转袜子、袜机世界

赵亦农是土生土长的诸暨大唐人，听闻房前屋后的织机声长大。因为家庭成分牵绊，当时的赵亦农升学无望，欲跳出农门的他只好跟随父辈经营起袜子生意。

很多企业家，特别是初创型的企业家，产品出来后，一般只在周边商圈售卖，根本不敢跳出去扩大事业版图，怕遭遇创业未知风险。赵亦农却不同。

不破不立。20 世纪 80 年代末，年仅 18 岁的赵亦农打破世袭的藩篱，将父辈生产的袜子发到山东青岛销售，袜子一销而空。赵亦农以此为契机，打开了山东市场。

生意进行得如火如荼。头脑活络的赵亦农这时候又有了新发现，他敏锐地捕捉到青岛缺乏袜类织机这一商机，便开始做起了袜机销售代理，这一做就是 10 年。可以说，赵亦农的一次留心驻足，填补了这片市场的空白。

无疑，赵亦农是幸运的，在人生最好的年华，选对了行业完成了原始创业资金的积累，也因此，他开始有了自己的"生意经"。

"什么设备生产什么样的袜子，什么地方的人喜欢穿什么样的袜子，我样样明白。"赵亦农侃侃而谈，"其实诸暨袜子的制造技术并不比国外差，但精良的进口设备以及设备经改良后是否符合实际生产需求，成了制约袜业发展的瓶颈。"

荣誉

也正是这番思考促使赵亦农走上了创办企业之路。他从代理销售的袜机中"私藏"了两台先进的进口袜机设备，注册成立了浙江越海工贸有限公司，专注袜机改良以及袜子的设计、研发和特种袜生产。

新的时代，拼的不仅仅是资金和资源，更多的是科技与创新。赵亦农以科技自立自强作战略支撑，把创新规划放在了公司运营的核心位置，于2014年创办了诸暨市旺来针纺有限公司，加快产业优化升级。

"袜博士"的由来

曾有人说，一种新发明，只有当它被引入经济之中，才成为创新，而把新发明引入经济之中，不仅需要有眼光，有胆量，敢于冒风险，而且要有组织能力。而这样的人才是创新者，才是企业家。

赵亦农正是这样的创新者。他被称为"袜博士"，自有一番由来。

2002年深秋,一位欧洲客商找到他,递给他一双袜子问他会不会做。赵亦农又看又摸,心想这是什么袜子呀,用材如此考究。这双袜子确实不普通,这是欧洲某国专门为野战军将士配备的军袜。那位客户留下了样品,伴随着一堆性能指标。

赵亦农叹苦经,从设计到材料,除了长达半年的独自摸索,设备方面也遭遇"卡壳"。他辗转多个国家,费尽周折拆买到一台国外的二手设备,改装后终于研制出了这双特种袜。

"三年研发一双袜,没挣什么钱,但掌握了先进技术。"至此,"袜博士"声名远播。

前几年,一位新西兰的客户找到赵亦农想要赛马袜,他说赛马蹄最容易受伤,伤后极易感染,影响赛马健康,然而他跑遍了东南亚一些袜企,有些根本不想做,有些做了没成功。

商务聚会

"动物很多疾病都是从足、蹄传染,为它们研发抗菌袜,也是一件好事。"赵亦农说干就干。

2017年,赵亦农开始了研发,半年后拿出了令客户满意的成果。这款"赛马抗菌袜"开创了袜子创新先河,每年销往国外就高达十多万只。据悉,目前旺来针纺是全国唯一一家生产销售马蹄袜的企业。

创新研发,永不止步

赵亦农认为,广大消费者在穿着方面崇尚天然、健康、舒适,为此他独辟蹊径,创新研发了以汉麻纤维为原料的一系列抑菌除臭、养生保健的袜子、鞋垫及运动鞋等产品。

赵亦农将袜品做到了极致,他通过技术创新,把珍珠纤维融入汉麻纤维,研制出了与众不同的鞋垫。

"之所以用汉麻纤维作为主要原料,是因为它有'天然纤维之王'的美誉,具有吸湿、透气、散热、防霉、抑菌以及抗辐射、防紫外线、吸音等功能。"赵亦农介绍说,这双鞋垫还有按摩穴位作用,并已取得专利。

2018年10月,中国国际纺织面料及辅料博览会在上海举行,赵亦农带着新产品珍珠汉麻鞋垫参展,小小鞋垫,竟引来众人争相观看。

"表面标上人体穴位,又按照穴位凹凸设计,这样的鞋垫从来没有看到过。"一位驻足观赏的客户充满好奇。中国麻纺织行业协会会长董春兴说,鞋子配上这样的鞋垫,不仅时尚更是保健,打开了传统产业新窗口。

"为了研发这双鞋垫,光模具费就花了十多万元,至于原辅材料耗费则更多了。"赵亦农感叹于研发过程中一次次创新迭代、推倒重来的设计与改良。

过硬的技术,良好的口碑,不仅赢得了中国军方、公安部、英国部队、新西兰赛马俱乐部、李宁品牌的高度认可,而且深受广大消费者青睐,吸引了更多致力于天然舒适养生生活的高端人士和终端品牌商家前来洽谈合作。

赵亦农深知,只有因时因势,以新思路打开出路,才能巩固行业

交流探讨

领先地位，才能把"袜业之都"这块金字招牌擦得更亮。

众所周知，工业设计是创新链的起点，价值链的源头，是制造业高质量发展的关键。素有"袜博士"之称的赵亦农并非徒有虚名，近年来，旺来针纺在赵亦农的带领下，开发和研制的多款新型功能性袜品持续走红世界，为大唐传统袜业的生产起到了很好的示范作用，也为周边中小型企业的发展树立了榜样，更为乡村振兴、共同富裕做出了贡献。

驰骋蓝海经济市场

  王步选 杭州瑞温食品有限公司总经理兼执行董事；杭州新瑞温食品科技有限公司总经理；杭州瑞温商贸有限公司总经理；杭州瑞赢食品有限公司总经理；杭州瑞温实业有限公司总经理；浙江瑞温供应链管理有限公司总经理。

王步选

近年来，全国海洋经济引领作用不断加强，海洋生产总值在国民经济中的份额保持稳定，海洋生产总值占国内生产总值的比重连续十多年保持在9%以上。尽管2021年增速有所放缓，但海洋经济依然保持相对强劲的发展势头。

我国是陆海兼备的发展中海洋大国，海洋为中国经济社会可持续发展提供了广阔的发展空间。

杭州瑞温实业有限公司厂区鸟瞰效果图

随着国民生产总值的提高，大众饮食结构的调整，海鲜类食品也从"旧时王谢堂前燕"飞入了"寻常百姓家"，整个海鲜产业呈现出爆炸式增长趋势。

构建海洋命运共同体

温州地处浙江省东南部，三面环山，一面临海。它土壤肥沃，海产资源丰富，鱼、虾、蟹、贝、藻一应俱全，素有江南"鱼米之乡"赞誉。绿水青山就是金山银山，得益于依山傍水的地理优势，历代渔民以捕鱼为业、捕鱼为乐。

王步选出生于温州海边，对大自然赋予的这片"蓝海"格外珍爱。随着我国"建设海洋强国"战略目标的提出，温州海洋事业的发展也进入迅猛期。为进一步发挥山海资源优势，大力发展海洋经济，让温州之滨这颗"海上明珠"更加璀璨生辉，王步选打破藩篱，勇立潮头，干在实处，走出了一条有特色的致力于"海洋强省"的发展之路。

他敢想敢创，秉承"走出去"的原则，于2006年和其姐夫共同创办了杭州瑞温食品有限公司，专注海鲜干货市场，侧重海鲜干货产品的研发与贸易。

"茫茫大洋，蓝蓝海波，蕴藏着种类各异的海产品，但在全球海鲜市场野蛮生长的背后，也存在着海产品难以保鲜、品质参差不齐、物流供应落后等乱象，阻碍海鲜产业的发展。"王步选阐明企业发展战略，"我们结合自身多年的海鲜行业实战经验与多方考察结果，决定专注海鲜干货领域。"

海鲜干货市场经济如大浪淘沙，稍有不慎满盘皆输，产业链的布局和建立必须根植于深厚的市场基础和庞大的市场需求。

包装系列产品

商场展柜1

商场展柜2

王步选肩负起"海洋强省""海洋强市"的艰巨任务，将眼前这片汪洋大海当作实战的试验田，十几年来孜孜不倦，在细分领域里深耕细作，依托丰富的海洋资源，从源头直购，将统收的海鲜秘制加工成干货，销往全国各地。

在他的一手打造下，瑞温公司一跃成为海陆联动、创新发展的先头兵，从造富到造福，当地渔业蓬勃发展，海洋经济直奔提质增效快速路。

当地渔民喜笑颜开，乐陶陶地说："我们每次出海回来都收获满满，自己吃吃不完，拿去卖又没有正规的渠道，加上海鲜不易储存，放久了会腐烂变质，造成不必要的浪费。这位王总基地直采，统收统购，既保证了食材的新鲜，又造富了渔民渔业。"

王步选爽朗一笑："我们秉承的理念是'将好的东西带给大家'，好的产品就要有好的保证。今后，我们将不断提高核心竞争力，通过实施'标准化、系统化、国际化'这三大战略来重点打造企业，让企业高质量发展之路行稳致远。"

求新求变，构建海鲜干货市场供应链

温州是中国私营经济较为发达的地区，浙商温州模式值得借鉴。好的商业模式是多赢的，瑞温公司一张蓝图绘到底，以海鲜干货贸易为主，精准服务为硬核，开辟出了一条独特的销售渠道，常年合作对象有大润发、乐购、华润、永辉、物美、华联、利群等超市，并入驻天猫超市、京东、社区团购等电商平台。

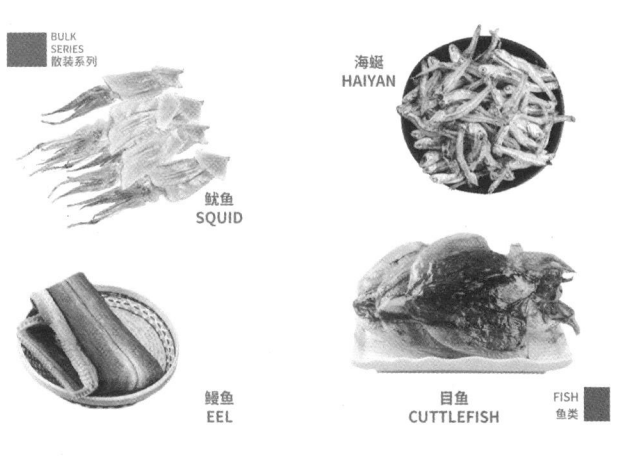

散装系列产品

为拓展贸易平台的黏性和凝聚力，瑞温公司求新求变，升级打造海鲜干货市场供应链，加大力度在全国各地开设总仓，截至2020年底，专柜数量已达1500家，公司年产值突破5亿元。

"目前，我们商超业务覆盖全国28个省（区）市，共设有苏皖、浙江、河南、重庆、四川、广东六大'战区'。"王步选补充道。

细数发展历程，纵使遭受过金融危机的冲击和洗礼，瑞温公司依然能厚积薄发，把握市场脉动，创新业态模式。

商场展柜3

量的突破带来质的飞跃，继2006年第一家食品公司成立后，瑞温公司持续发力，一路披荆斩棘，旗下汇聚了杭州乐得豪食品有限公司、杭州浩楠清洁服务有限公司、上海祈俊食品有限公司、杭州瑞温实业有限公司、杭州瑞温商贸有限公司、杭州新瑞温食品科技有限公司、杭州瑞赢食品有限公司、浙江瑞温供应链管理有限公司、浙江大跃科技有限公司等众多子公司，截至2020年底总资产估值高达5亿元。

疫情之下，国民经济的数字化转型已成为大势所趋，"新基建"东风的到来更是加速了这一进程，并给各行各业带来了全新的机遇。而在消费领域的当务之急则是加快打造供应链体系。

"关于打造智慧供应链体系，我们的初衷是：一方面，受供应链上下游的'信息孤岛'效应影响，市场信息无法快速精准地反馈到上游生产环节，导致生产企业不能如实地捕捉到各地的消费需求，从而造成市场供需错配、库存积压、个别产品需求激增等问题发生，以致企业不能及时做到生产和补货。另一方面，当前广大消费者的消费需求比以往更加多元化和极致化，小众需求被进一步切割，市场越分越精细，这便意味着，商品与服务的满足要精准到每一小拨用户甚至每一个用户，充分为他们实现个性化生产、私人化定制，这就要求供应链上的生产、制造、分销与物流等每一个环节更加柔性与灵活。"

海鲜干货礼盒，走俏大江南北

随着居民生活水平的提高，消费饮食结构的调整，加上海产品贸易环境整体向好，海鲜干货成了"香饽饽"抢手货。

"每逢春节来临，海鲜干货礼盒的需求量更是猛增，人们用来备年货、拜年送礼、集团采购、回馈客户等。海鲜干货销量走高，但产品质量依然不可忽视。"

"产品安全关系到千家万户，食品安全监管连着大市场，与消费者的餐桌安全息息相关。"王步选解释道，"我们严格落实食品安全主体责任，严把食品生产质量关，丰富和优化食品品类，保障食品供给质量，着力构建公平竞争的营商环境，推进国内食品与国际标准对标。"

王步选认为，从长远来看，想让消费者真正敢于消费、愿意消费，必须消除制约消费和抑制消费的一系列障碍。

企业的发展，离不开领导人的定盘与决策，在王步选的带领下，瑞温公司走出了一条海洋振兴特色发展之路，也成为新时代促进社会经济发展的"蓝色引擎"。

高质量发展之路

羊毛衫、男装世界里谱写巾帼华章

赵景梅 桐乡市金泰置业发展有限公司董事长;浙江濮院针织机械服饰辅料市场总经理;浙江省羊毛衫协会副会长;浙江省羊毛衫协会机械辅料印务分会会长。

赵景梅

桐乡濮院地处长三角平原腹地，沪、杭、苏中间节点位置，水网密布，土地肥沃，素有"鱼米之乡、百花盛地"之称，历史上曾以"日出万匹绸"而被赞誉为"嘉禾一巨镇"，是明清时期江南五大名镇之一。

改革开放以来，濮院因毛针织产业发展壮大而成为中国羊毛衫集散中心，集聚大量毛衫交易市场，2019年桐乡濮院羊毛衫市场成交额

市场外立面

为 563.3 亿元，同比增长 12.3%。

赵景梅的濮院针织机械服饰辅料城市场和国际男装城就是这众多市场中的佼佼者。

说起赵景梅，濮院人都知道，这个知青出身的女企业家从摆小摊开始做起，继成立桐乡金泰置业有限公司后，又创办了针织机械服饰辅料市场，现又升级转型做男装市场。这一路走来，其实并不容易，但巾帼不让须眉，赵景梅愣是将浙商逢山开路、遇水搭桥的精神发挥得淋漓尽致。

知青的商业梦想

1964 年 6 月，为响应知识青年上山下乡号召，赵景梅插队落户到濮院公社永联大队树蓬里小队历练。辛辛苦苦在地里干上一天活儿，挣到的工分只有 1 角 9 分钱。

"那时候真是又累又苦，还看不到希望，每天下地挣工分，可挣来的钱少得可怜。现在啊，不管以后我遇到多苦多难的事儿，只要和那时候每天天不亮就下地、天黑才收工、一年还挣不到几个糊口钱相比，我就不觉得苦，不觉得累了。我很感谢知青下乡那段岁月，如果没有那段经历，就没有后来的我。"赵景梅回望过去，感慨万千。

1976 年赵景梅回城，顶替母亲到树柴合作商店工作。当时还处在计划经济时代，大家还没多少商业意识，赵景梅却早已显现出了过人的商业才华。

在商店工作的 6 年里，胆大心细的赵景梅带领大家买地造房子，扩展店面。眼瞅着商店生意越来越红火，大伙儿都推选她做"经理候选人"，她说："我的父亲母亲当年在国民政府国防部任要职，也为中国的抗日战争做出过贡献，有着不可磨灭的功绩。他们舍小家为大家的大爱精神深深鼓舞了我，也潜移默化地影响了我。"但当时并没有女性当经理的特例，赵景梅与"经理"一职失之交臂。

1984年濮院羊毛衫产业开始兴起，赵景梅下海了。她借了10万块钱，进了一批羊毛衫到湖南等地租柜台销售，但因为对流行款式把握不准，那次创业血本无归。10万元，这在"万元户"稀少的80年代初期可是一笔大钱，赵景梅的第一次创业以失败告终。

然而，赵景梅并没有放弃从商的梦想。她回到濮院，从头开始，摆地摊卖笋干，家人们都很支持她，全家一起在濮院做小生意，赚的钱不多，生活倒也过得惬意。

但是赵景梅心中的梦想始终没有消失过。当时濮院的毛衫市场慢慢兴起，每天在濮院

赵景梅

做小生意的赵景梅再一次敏锐地感受到毛衫市场蕴藏着巨大商机。她毅然将全部身家投入毛衫辅料生意，创建了婷婷辅料店，引进了濮院第一家台湾金银丝、韩国烫钻等时髦装饰品，一上市立即获得市场认可，婷婷辅料店一炮打响。

"金丝片""珠珠"给羊毛衫市场增加了亮点，婷婷辅料店也成为濮院毛衫市场一颗闪亮的明珠。毛衫装饰辅料的生意越做越大，钱也越挣越多，赚到钱的赵景梅心里又绘就了"新蓝图"。

2003年，她联合30多位股东，成立了"桐乡市金泰置业发展有限公司"，买地造市场。2007年，投资近两亿的"中国·濮院针织机械服饰辅料城"建立。

这是濮院当时针织机械服饰辅料品类最全的市场。市场占地面积1.7万多平方米，建筑面积6万余平方米，设有店面600余间，商务公寓300余套，停车位多达320个，集商、住、办公、娱乐于一体。

市场开业后，游人如织，客户更是络绎不绝。赵景梅遇到了前所未有的浙江专业市场大发展黄金期，她与毛衫市场的蓬勃发展同频共振。

变化是市场永恒的主题

花无百日红。2010年，在线上市场大发展的冲击下，近年来浙江的各类专业市场要么萎缩，要么转型，日子都不太好过。

濮院毛衫市场的网上交易额也逐步超过线下门店交易额，据数据显示：到2019年线上成交已经是线下成交的3倍多。赵景梅开始谋划转型做男装。

"服装市场女装多，专门做男装的少，我就把辅料市场改造成男装市场。当时直播带货刚刚萌芽，我感觉这是未来的一个发展趋势，传统电商也在谋求转变，我就在我的市场里设立了直播基地，专门发展直播带货。"

敢为人先的赵景梅又一次走在了市场的前面。她大刀阔斧地改造市场，首先从空间上进行全方位的改造，将地下一层作为电商供货平台，一楼改成国际男装城及网批中心，二楼是服装辅料交易区，三楼东面及南面改成全媒体服装直播供货，西面变成服装毛衫设计平台，四楼专门设立网红直播摄影平台。为直播投入这么多空间场地，还一举引进网商园、优批之家、衣衫汇、华住集团、海尔集团等多个配套资源项目，这在桐乡濮院还是第一家。

市场一隅

改造完硬件,赵景梅又从软件上着手,邀请老师,动员商户,开展直播试水系列活动。一年多的时间,很多商铺老板都接受了直播带货,有些老板亲自带着员工参加各类直播活动,直播基地的人气越来越旺。

"不管市场怎么变,唯一不变的就是变化。我们做市场的人其实一直都在不断创业中,根据市场的变化而变化,如果能够领先市场的变化而变化那就更好了。"赵景梅笑着总结自己40余年的市场摸爬滚打经验。

每一次变化,说穿了都是一次"大浪淘沙",能够在风云变幻的市场生存发展也不是件容易的事情。创业就是九死一生,赵景梅身上就有那么一股不服输的劲儿,也正是这股劲儿让她在40余年的商战中乘风破浪,一往无前。

从摆地摊、租柜台卖货到拥有自己的大型专业市场,赵景梅经历了浙江专业市场发展的风风雨雨,她拼搏的经历就是干在实处、走在前列的浙江市场人的一个缩影。她说:"这一切都离不开政府部门的支持,他们精准施策引领我们大踏步向前,他们无私奉献激励我们干事创业。"

如今的赵景梅已到古稀之年,但是对市场的热爱从未停止。"市场总在变,不变的是我们对美好生活的追求,在市场中立足、发展、壮大,就是要号准市场的脉搏,敢于变化,善于变化。从十几岁插队开始,一晃一个甲子即将过去,我经历了我们伟大祖国从百废待兴到繁荣昌盛,真是感谢党,感谢濮院这个福地,我还不老,我还要继续发光发热,为这片土地贡献自己些许的力量。"

高质量发展之路

"和"字融医为苍生

许仍和 浙江省义乌市中风专科门诊负责人；中医内科执业医师、西医临床执业医师；曾在省级报刊上发表《怎样预防中风病的发生》《中风病人康复锻炼不宜过度》等论著。

许仍和

商城义乌从手摇拨浪鼓"鸡毛换糖"肇始,一直不乏弄潮商海的风云商人。而鲜为人知的是,这片钟灵毓秀的沃土也哺育和造就了一代又一代的中医圣手,岐黄文化在此薪火相传,生生不息。义乌市许仍和中风专科的许仍和医师便是其中一位。他擅长中风及多种肿瘤的治疗,行医至今40多年,他让近万例中风患者重新站立起来,他"搀

看诊

扶"着一个个肿瘤病人走出沙漠迈向绿洲,或奇迹般地痊愈康复,或得以延伸生命长度,生活质量明显改善。他赢得了患者的信任,收获了作为医者见病知源、药到病除的那份满足和成就感。

药痴

"药材好,药才好"。进一步说,药好治病见效就快。具有中医内科执业医师和西医临床执业医师双重资格的许仍和医生深谙这个道理。

"网上或者打电话来销售的药材,我总是不太放心,需要见见'真面目'。"许仍和医师说,他每年都要抽出一定的时间,奔波于安徽亳州药材市场和磐安浙百味药材城,经过"看、闻、尝"选定质量靠得牢的药材供应商。"有的药材供应商我们已打了十多年的交道,只要药效稳定,价格适当上涨点也不会随意更换供应渠道。"许医师一直奉行正直又宽容的行医和商业往来原则。

在许仍和医师坐诊的房子后半间,矗立着约 2 米高、4 至 5 米宽的木制药柜,一个个小抽屉里储存着百余种中成药,全部经由许医师的"看、闻、尝"才得以破"关"入柜。为此,有人给许医师起了个雅号——"药痴"。

可恰恰是这位"药痴",在寒来暑往的中医治疗中风和肿瘤的临床实践中,分别配制出 20 型治疗中风的方剂和 5 型治疗肿瘤的方剂,药专力宏,恩泽病患。

口碑

"到我这里来看病的,由病人相互介绍来的比较多。"许医师说,

"这些病人往往没什么顾虑,觉得有被治好的'样板'在,对我给药治病的信任度高,对治好本身毛病的自信心也足。"

与义乌相邻的永康市,有位吴姓女士,年仅49岁,

寻访而来的名贵药材

不幸罹患肺肿瘤,服用许医师配伍的中药两个月后,组织肿块比原先减小一半,基本实现康复。当吴女士得知本地的徐老太也被肺腺肿瘤所折磨,便建议其找许医师治疗,徐老太同样收到了满意的效果。

多年前,许医师收治过一位姓傅的加拿大华人。这位病人是经德清县一位脑出血初愈病人张先生介绍后找到许医师的。傅先生得病后,脑干出血,又是语言障碍,又是下肢瘫痪,笑而不止、哭而不停,整整4年过着生不如死的生活。所幸的是,服用许医师开出的中药300天后,语言障碍及下肢瘫痪均基本康复,并逐渐迈向正常人的行列。

妙手回春,恩重如山。傅先生不仅成了许医师的朋友,还现身说法,专门撰写了《活出精彩》(中国中医药出版社2008年出版)一书。傅先生在寄给许医师的《活出精彩》扉页写下了"感谢您真诚的帮助,高超的医术、务实的思想"的赠言,还在书的前言这样表述:"尤其要感谢许仍和大夫,从他身上我学到了踏实、淳朴的思维方式和行事方法。"

许医师攻克中风顽症的名气,经过口口相传,吸引了一拨又一拨

的病人前往求医。近的来自杭州、绍兴、温州、宁波、台州,远的来自湖北、广西、江西、安徽、黑龙江,甚至还有印尼、瑞典、加拿大等国家的病人。许医师所建的厚厚的病历档案及病人送来的一面面挂满门诊的锦旗,无不讲述着医患之间一个个感人的故事,有的三番五次转院,在这里找到了希望;有的多年卧病在床,在这里获得了新生。

耐烦

不少医生怕八小时外被打扰,不给病人透露个人手机和家庭电话号码。而许医师则不同,他会给每位前来就医的病人及其家属递上一张名片,上面清楚地印着主治疾病、地址网址、坐什么车到达,更有联系方式和手机号码,几乎全天候接受患者的咨询,解答疑问。

为做好中风"科普"宣传,许医师从百忙中抽出时间撰写诸如《怎样预防中风病的发生》《中风病人秋季应注意些什么》等文稿,有的"亮相"在门诊的黑板报,有的还见诸省级有关报刊,给病人以健康提醒与心理抚慰。双休日与节假日,人们走亲访友、旅游购物,间或享受全家团聚的快乐,而许医师却

忙于接诊，迎来送往一个又一个中风和肿瘤病人。家属埋怨他心中只有病人没有家人，生活没有个定律，中午饭多数是在工作台前将就下肚的，有时匆匆扒拉几口又接着给病人看病。许医师解释说，中风患者病例特殊，行走非常不便，大部分需要家属搀扶，而这些家属也往往只有休息天才得空陪病人过来，况且有的病人大老远来一趟不容易，谁不想及时看病早点回去呢，将心比心，我这个"小我"应当服从于"大局"。

对每位前来就医的病人，许医师都要不厌其烦地一一嘱咐"注意事项"，比如：中风病人恢复期的营养消耗大于正常人，建议多吃一些富含蛋白质的食物；强调功能锻炼，在讲解脚练曲肌、手练伸肌的同时，许医师又亲自示范。有家属抱怨病人服药后康复缓慢是因为锻炼少的缘故。"其实这是一种误解。"许医师耐心地向他们解释，中风患者的病根在大脑，不在手脚，而有病的脑细胞指挥肢体运动本身就容易疲劳，一旦脑细胞疲劳了，非但不利于康复，反而会有损害。所以日常锻炼应适时适度，不能操之过急。还有，中风病人容易烦燥，甚至盛怒，家属为其煎一副温暖汤药的同时，更应该营造温馨的家庭氛围，所谓"三分医，七分养"就是这个理。

解惑

中风病人的症状表现多种多样，而他们的所思所悟也不尽相同。不少病人服用许医师配制的中成药后，在短期内消除了一些大医院没能扭转的症状，譬如：会说话了，能握拳了，有的吞咽障碍解决了，有的能抛开附着物蹒跚行走了。这原本是医患双方都希望看到的结果，但个别患者对见效这么快不禁产生怀疑，直接或间接地问许医师，这中成药里头是不是含有激素，而且，提这类问题的病人往往受过高等教育，文化程度都不低。许医师说："当初我很惊讶，治疗效果怎么就变成激素催生的了呢？后来我想想病人提出这样的问题也是有原因的：一是缺少医学常识；二是由于受日常生活中的动植物生长素及食品添加剂之困扰，想当然地认为自己服用的中成药也可能含有激素，担心日后产生副作用。也有不少病人及其家属因被某些医生'中风后遗症无可救药'的主观臆断所左右而顾虑重重。"

病人抛来这样的问题，弄得许医师啼笑皆非。他只好耐着性子跟他们解释，中草药纯粹是草木根茎之类的组方，绝无任何激素，治疗能否起效，关键取决于医生整体辩证、精准用药。当然，病人及其家属积极配合医治也是很重要的一个方面。许医师坦诚相告："但凡医生都懂得激素是没法治疗中风后遗症的，不然的话，这个世界性的疑难杂症早就被医学界给解决掉了。"

许仍和医师的名字中有一个"和"字，和善、谦和乃中国传统文化的精髓，而中医的整体观念和辩证施治所集中体现的就是一个"和"字，和则畅通，和则顺遂。许医师将"和"字融入博大精深的岐黄医道，贯通中西，仁心仁术，演绎出一段段救病患于危难的精彩故事。

因医结缘的乡村医师贤伉俪

赵 勤 诸暨市中西医全科门诊医师,执业医师、临床执业助理医师;红友会理事;张博士医考中心"优秀医师";诸暨市街亭镇党员积极分子、先进工作者;其论文《桂枝汤治愈顽疾两例》获"全国现代医学科技优秀成果论文"二等奖。

赵 勤

在西施故里浙江省诸暨市的浣东街道有一家中西医全科门诊,主治医师是一对夫妇,男主人叫赵勤,女主人叫陈卫玲。这家门诊开业时间不长,但说起赵勤与医结缘的故事那还得从30多年前说起。

珍藏

耳濡目染，从小与医结缘

赵勤，20世纪60年代出生在浙江诸暨的茅塘山村，这里山清水秀，风景优美，又流传着西施浣纱的美丽传说，生活在此的人们普遍性格温和，善良淳厚。赵勤的祖父和父亲都是中医，以仁心妙术服务于民，在问诊开方的同时，还为病人熬汤煎药，赵勤就在这样的耳濡目染中成长起来，自小就和问诊看病结下不解之缘。赵家兄弟四人，有三人从事医生职业，奉献于各自的工作岗位。

小时候，赵勤就特别喜欢"黏"在坐诊父亲的身旁，父亲出诊，他也想跟着出门，等赵勤长大到十多岁的时候，父亲偶尔也会带他去附近村庄给病患看病，体验望闻问切。

成为一名悬壶济世、妙手回春的名医的志向，打小就在赵勤心中生根发芽。

但二十世纪六七十年代是个特殊的时期，"文革"影响下，学校的正常教学秩序被破坏，赵勤的求学生涯并不顺利，尤其是家庭经济条件也没有办法负担兄弟四人的求学费用，赵勤的学医之路一度中断。但是赵勤从来没有放弃对医学的钻研，不能接受正规的医学教育，他就在家自学，苦读中医药典籍，《针刀医学原理》《针灸大成卷》等书都翻破了。父亲并不赞成他钻研医学，因为行医并不能带来富贵，只能勉强温饱，但是这并不能阻碍赵勤在医学道路上的孜孜求索。

"行医，本来就不是为求富贵，而是解人病痛。只要看到病患在我的治疗下越来越好，我就很满足，"时至今日，赵勤依然未改儿时的初衷，"我最大的心愿就是尽我所能，减轻病人的痛苦，让他们恢复正常生活。"

刻苦攻读，掌握治病本领

21世纪80年代初，年仅20出头的赵勤在茅塘山村开始了他的乡村医生生涯。当时"文革"刚过，百废待兴，乡村医疗条件较为落后，广大人民群众的医疗卫生需求还有很大的缺口。刻苦钻研自学成才的赵勤用自己所学为家乡父老服务。一些村民遇头疼脑热、跌打损伤，或者农药中毒、被毒蛇咬伤等病痛，都来找赵勤，他们都知道茅塘山村有个叫赵勤的小伙子，人勤快，医术高，态度好。

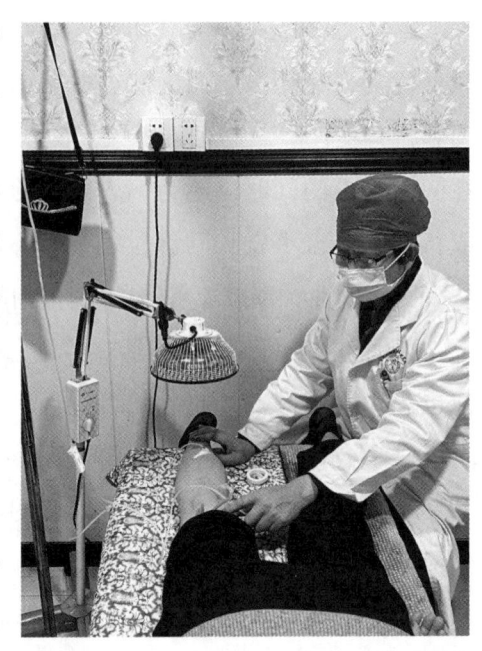

诊治中

1983年秋，赵勤应征入伍，成为一名军人。虽然从事的是舟桥专业，但他依旧没有放弃对医学的追求。他利用部队培养两用人才的契机，从人体解剖学开始，由浅入深，刻苦攻读医学基础知识，光读书笔记就记了满满的十几本。经过3年部队生活的锤炼，毛头小伙子赵勤更加成熟稳重了。

1986年，退伍回乡的他来到诸暨璜山区医院，一边努力工作，一边钻研西医学。西医体系庞杂，要学的内容非常多。但是赵勤没有畏惧，厚厚的医学书慢慢啃。他坚信，世上无难事，只怕有心人。

学习在赵勤看来是一件美好的事情。"我当时就像吸水的海绵，深深沉浸在医学的海洋里，不断充实自己，我感觉每天都有新收获，每天都过得很有意义。"

更美好的是，在这里赵勤邂逅了自己的爱人陈卫玲，对医学共同的热爱把他们紧紧连在一起。说起这段爱情故事，赵勤笑着说，自己开始还不敢追求陈卫玲。"人家当时是医院正式的化验员，我是个什么都没有的退伍军人，家境也一般。有时候只敢远远看她一眼。"

那么，是什么让赵勤最终赢得了陈卫玲的芳心呢？

"我1988年1月参加了乡村医生考试，全市那么多人考，我一次性就通过了，当时我心里甭提多开心了，觉得自己这么多年的勤学苦读总算没白废，我当时就拿着证书来找小陈，我是把我的证书当成定情信物交给她的。我说我也不太可能大富大贵，但是我愿意学，愿意干，希望你能在我身边支持我。"

就这样，这两个热爱医学，对医生充满景仰之情的青年男女走到了一起，从此风雨同舟，在学医的路上共同切磋，共同进步。他们互相鼓励，你追我赶，在一次考试中双双考到了100分，成绩问鼎整个班。于是，俩人的共同语言更多了，你来我往也更频繁了。往后的岁月里，赵勤、陈卫玲夫妇二人先后取得乡村医师执业证书、浙江省全科医生岗位合格证等，从医之路也越走越宽广。

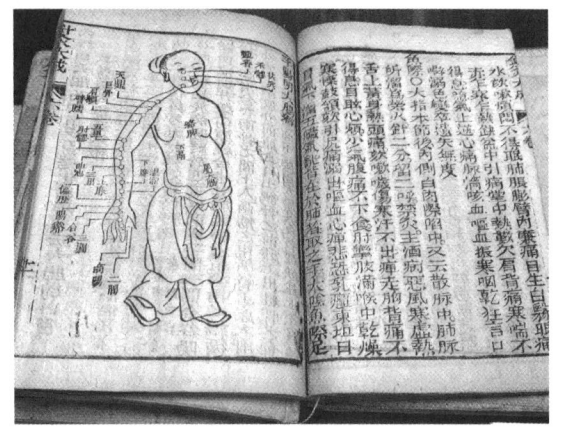

钻研医术

专业诊治，化忧愁为喜悦

在过敏性鼻炎和下肢静脉曲张的治疗上，赵勤通过不断钻研与摸索，逐渐形成一整套赵氏诊疗方法，主要是通过针刺和针灸，加上中药外用等创新型方法，将中西医结合起来，诊治光靠西医或光靠中医无法解决的疑难问题。

2004年3月，同村一位赵姓村民，因患脑血管畸形疾病，被杭州一家医院劝说回家安排后事。当时，既是村党支部书记又是村医的赵勤登门看望，在征得病人家属同意后，果断采取甘露醇滴注、醒脑静加能量合剂静脉滴注，辅以开窍醒脑针进行中西医相结合的治疗，病情很快有了缓解，三个月后基本康复，这位病人至今仍健在。

锦旗

从20世纪80年代开始乡村医师生涯，转眼将近40年，从满头青丝到两鬓斑白，赵勤说他还想继续在行医的道路上走下去。"医生这个职业是个手艺活，尤其我们这种全科医生，需要大量的病例经验积累。有人说医生越老越吃香，这话不无道理。我行医这么多年，也有一套自己问诊看病的方法，虽然我已经不年轻了，但还是要用我的手艺继续为大家服务，我的医术还要流传下去，为浩瀚的医学典籍添砖加瓦。"

正是这颗奋发有为的雄心，让赵勤、陈卫玲夫妇在一般人都含饴弄孙的年岁，每天依然早起、诊疗、开方、学习……

2020年，诸暨市赵勤诊所门诊开业。赵勤说，他多年的心愿终于实现。在他很小的时候就希望有一间自己的诊所，无需华丽，也无需很大，但需要有高超的医术、高尚的医德，能够把脉诊疗，让病人满意而归。

如今，赵勤的愿望已经实现，在这间诊所里，他将自己在针刀、针灸上的几十年的心得，以及在中西医结合基础上摸索出来的良药妙方都无私地奉献给病患，为他们减轻痛苦，带来希望。

荐言

吴中杰　浙江融象咨询科技有限公司投资副总裁

浙商是中国改革开放四十多年涌现出的企业家团体代表，浙商的"四千四万"精神指引和激励着一批又一批企业家开疆拓土、披荆斩棘。

走遍千山万水，

历经千辛万苦，

道尽千言万语，

想尽千方万法。

党的十八大以来，中国经济已经从原来的"粗放型发展"向着"高质量发展"的道路不断迈进。

"绿水青山就是金山银山"的绿色共享发展理念已经成为新一代浙商精神的内核。

中国经济的发展势不可挡，在国际上的地位也越来越高，经济总量已经跃居世界前列，这也带动了浙商在深耕国内市场的同时，进一步整合全球资源，开拓国际市场，并取得了辉煌的成绩。

长江后浪推前浪，浙江作为中国民营经济最发达的地区之一，孕育了一代又一代具有浙商精神的企业家。

从白手起家到事业有成，从传统制造到高科技发展，浙商企业近些年在"转型升级"和"提升企业发展质量"方面取得了巨大成就。本书中的每一个创业故事都诠释着浙商精神所富含的特有魅力，展现着浙商群体走在前列、勇立潮头的进取精神。

我们殷切希望，本书的出版能够弘扬浙商创业创新精神，解析企业健稳发展奥秘，指引和鼓舞更多的创业者走上行稳致远的高质量发展之路。

后记

梦想与奋斗、成功与挫败、欢笑与泪水，精彩纷呈，动人心魄。献礼中国共产党建党百年华诞，讲述浙商儿女高质量发展的故事，无疑是一份走心的贺礼。

《浙商高质量发展之路》编纂前后历经一年时间，书中选取的浙商儿女样本分布于浙江各条战线，每个故事都深具代表意义，可谓浙江省创新改革、高质量发展的一个缩影。

本书以浙商为表率，以创业历程为主轴，筛选了一批可观、可赞、可评的经典案例，融创业、守成、创新、民生需求、高科技发展于一体，以重笔浓墨描绘了浙商"凤鹏正举、大潮涌动、千帆竞发"的壮美画卷。优秀是因，成功是果，没有奋斗哪来成功？浙商儿女成长的故事乃至浙商精神都极具借鉴意义。

感谢社会各界有识之士根据多年工作积累和眼光，推荐最有成色的样本以供筛选，保证了本书的含金量和可读性。感谢第十二届浙江省人大常委会副主任、浙江省文史馆馆长、浙商发展研究院院长、博士生导师王永昌先生为本书作序。感谢中国市场出版社编辑团队对本书多次仔细审核，提出很多有价值的修改意见。相信本书的出版能够助力更多浙江企业发挥浙商精神，抓住时代机遇，融入国家发展大局，在高质量发展促进共同富裕的伟大实践中承担起更多的社会责任。

是为后记。

编者

2021年12月